アウトバーン
組織犯罪対策課 八神瑛子

深 町 秋 生

幻冬舎文庫

アウトバーン

組織犯罪対策課　八神瑛子

1

八神瑛子《やがみえいこ》はエレベーターを降りた。

お台場にあるマンションの七階。埋立地の人工的な風景が望める。通路のフェンスは秋雨で濡れていた。ライトアップされたビルや、ブルーに輝く観覧車が、降りしきる雨とともに視界に入る。

無機質で幻想的な風景とは対照的に、男女の生々しい怒声と悲鳴が耳に届く。ものが派手にぶつかり、平手打ちの音がする。許しを乞う女が発するのは、日本語ではない。

瑛子はスーツのポケットからハンカチを取り出した。それを広げて、ボクサーのバンデージのように右手に巻き始める。巻きながら、ドアチャイムを鳴らす。

争いに夢中なのか、なかなか住人は出てこなかった。チャイムを再度鳴らす。左手でドアを叩く。

「うるせえな、誰だ、こら！」

怒気で顔をまっ赤にした男がドアを開けた。

茶髪のウルフカットに、ダークスーツというホスト風の格好。だが相撲取りみたいに肥えている。低い鼻と余った頰肉。現れた瑛子に、怪訝《けげん》な顔を見せる。

「誰だよ、お前」

瑛子は腰をひねり、無言のまま肝臓を右の拳《こぶし》で殴りつけた。男は短くうめき、腰から砕け落ちる。

男が尻餅をついたところで、拳を男の顎《あご》に振り下ろした。男は白目をむいて、三和土《たたき》にぐったりと横たわった。

ポケットを漁《あさ》り、スーツの内ポケットから財布を抜いた。紙幣をすべて取り、財布を捨て、土足のまま部屋へと入る。

部屋の隅では、ブラとショーツをつけただけの女が、うずくまっている。瑛子を見て、顔をひきつらせながら後じさる。手足はすらっと長く、体型はモデルみたいに整っていた。だが、唇は切れ、目の周囲は赤く腫《は》れあがっている。

「あなた、なんですか？」

女は、かたことの日本語で尋ねた。

「だ《ダ》いぶ、《チ》ひど《エン》くやられた《ゼャン》ようだけ《メイ》ど、具合《シイ》はどう《マ》？」

瑛子は中国語で答える。女は驚いたように息をのんだ。

それから一気に中国語でまくしたてる。玄関口で倒れている男に視線をやり、瑛子が握っている紙幣を見やる。

「なんてことをやらかしてくれたのよ！　どこの誰だか知らないけど、強盗ならそれを持って、とっとと帰って！　あたしは一円だって持ってないんだから」

「強盗に見える？」

「知らないよ！　とにかく帰って。ああ、どうしよう。またあいつが目を覚ましたら、めちゃくちゃ暴れるに決まってる」

「あげる」

瑛子は紙幣をすべて渡そうとする。女はポカンと口を開け、警戒するように、おそるおそる見上げる。

「あんた、なんなの？」

瑛子は答えない。黙って紙幣を突きつけるだけだ。

女が首を振った。

「強盗じゃないんなら……あのヒモ野郎の財布に戻して。そんなの受け取ったら、あたしが痛めつけられるだけだもの。それに、ここ以外に行く場所だってないんだから」

「馬岳《マーユエ》のところに行ったら？」

女は目を見開く。

瑛子は右手のハンカチをポケットにしまい、自分の財布を取り出した。なかには十万円の束が入っている。ヒモの金に、束をプラスして、あらためて紙幣を女に突きつける。

女が尋ねた。

「あいつを追ってるの？」

「ちょっと用があって」

女はまだ紙幣を受け取ろうとしない。

「あいつ、本当に人気者なんだね。前にも馬岳の行方を訊《き》きにきたやつがいた。怖い顔したヤクザたちよ。組長の女《スケ》に手を出したっていうんで血眼《ちまなこ》で追ってた。もしかして、あんたもあいつに弄《もてあそ》ばれたの？　きれいな顔してるし」

瑛子は冷たく見下ろすだけだった。女は鼻を鳴らした。

「放っておいても、いずれ誰かがあいつを始末してくれるよ。トラブルなら山ほど抱えてる」

馬岳は人身売買のブローカーだ。中国各地の田舎からやって来た女たちに借金を背負わせて渡航させ、沖縄や温泉場の売春クラブに売り払う。

病的な女狂いで、まじめな留学生をナンパで口説き落とすときもあれば、暴力という手段に打って出るときもある。中国人クラブの売れっ子ホステスやエステ嬢を、そのまま車で拉致するのだ。そのため、中国人マフィアや暴力団から恨みをずいぶん買っている。女は馬岳の元情婦で、そして商品でもあった。

瑛子は言った。

「そのわりには長生きしてる。あいつはクソ野郎だけど、バカじゃない。悪知恵だって働く」

「まさかひとりで探してるの？　だったら、あんたじゃ無理。知ってるでしょ？」

女は、倒れている肥満のヒモを指さした。「あの日本人みたいな馬鹿と違って、馬岳は上海の体育学院出身で、拳法とか身につけてる。つるんでる仲間だって気の荒いやつらばかりよ。刃物持ってる相手だって、簡単にやっつけちゃう」

「私の身を案じる必要はないわ」

「あんたがどうなろうと知らないけど。とにかく、馬岳がケンカで負けたのを一度だって見たことがない。それだけは言っておくから」

「で、あいつはどこ？」

女は鼻を指でいじくる。鼻血が垂れてないかを確かめている。

「知るわけない。あいつに捨てられて、三ヶ月くらい経《た》つし。それに、あいつは住むところをコロコロ変えてる」

「あいつがよく行く店を教えて。あの手の男は、行きつけの店まで、そう簡単に変えたりはしない。いつも同じ電柱に小便をする犬と同じよ」

女は不機嫌そうに口を尖らせた。

「嫌だと言ったら？」

「嫌なの？」

距離をつめた。瑛子の影が女の身体《からだ》を覆う。女は真顔になる。

「わかったよ……言うから殴らないで」

「頼むわ」

女は明かした。高島平や越谷の中国レストラン、新大久保にある中国人向けの雀荘。飯田橋のバーや六本木のバカラ賭博場。複数の地名や店名を口にしたが、途中でふいに言葉を切った。

「あんた……殺し屋かなにかなの？」

「そういう人種を見たことがあるの？」

「マンガでしか知らない。少なくとも馬岳なんかに騙《だま》されたりする人じゃないね。顔だけじゃなくて、頭だってよさそうだし。女なのに、あんなでかいデブを殴り倒すなんて――」

玄関で物音がした。

女が悲鳴をあげる。ヒモが意識を取り戻していた。手には小さな折り畳みナイフ。身体をふらつかせ、たるんだ頬を震わせながら瑛子を睨《にら》む。

「てめえ、ふざけた真似しやがって……ぶっ殺してやる」

瑛子は無表情のままだった。スーツのボタンを外しながら対峙《たいじ》する。ベルトのホルスターに入れてある特殊警棒を抜き出す。

男は目を丸くした。

「まさか、刑事《デカ》か？」

女が驚いたように瑛子を見上げる。

男は、瑛子の左手の紙幣を見やった。床にある自分の財布に気づく。今にも頭から湯気を出しそうなほど赤くなる。

「人のもんパクりやがって！　なんなんだよ！」

男が襲いかかった。ナイフが瑛子の腹に向かって突き出される。

しかし瑛子は素早くかわし、警棒を振り下ろした。男の手首に叩きつける。骨を砕くほどの手ごたえ。折り畳みナイフが床に落ちる。男が絶叫する。

瑛子は二撃目を加えようと、警棒を大きく振り上げた。だが、その前に男は逃げ出した。手首を大事そうに抱え、泣き顔で玄関を飛び出す。

女の顔が青ざめる。

「女を置いて逃げるヒモがどこにいるんだよ、バカ野郎……」

「話の続きをしましょうか」

「冗談よして……あんた、警官《ジンチャ》でしょ。おまわりのくせに、なにやってんだよ」

女は敵意のこもった目で見る。瑛子は紙幣を自分の胸ポケットにしまった。

「まだ用は済んでない」

「帰って。豚に話すことなんてない。部屋が臭くてたまんないよ」

女は身を震わせながら言い放った。瑛子は女の手首をつかむ。女はとっさに目をつむる。

瑛子は、自分の警棒を女の手に握らせた。

「だったら追い出してみたら？　今、私がヒモにやったように」

女はわけがわからないという表情を見せる。瑛子は続ける。

「武器を貸してあげるから、私を殴って追い出してみなさい。それができないのなら、私はずっとここにいる」

女は警棒を両手で握り締めた。しかし身体を硬直させたまま、動こうとはしない。瑛子が尋ねる。

「どうしたの？」

女は力なく首を振った。警棒の柄を瑛子に向ける。

さらに瑛子が尋ねる。「やらないのね」

女はうつむくだけだった。瑛子は警棒を取り上げて命じる。

「それなら、とっとと教えて。馬岳の立ち寄りそうなところを」

女は根負けしたようにため息をつく。

「もうひとつだけある。新小岩にある韓国居酒屋。あいつ、そこの参鶏湯《サムゲタン》を好んでたから。それに最近、そこで働いている店員を口説き落として、新しいおもちゃに加えたって、噂で聞いたよ」

「その娘の名前は？」

「綾乃《あやの》って名前の日本人。苗字は覚えてない」

瑛子は警棒をホルスターにしまう。

「あいつが扱うのは同胞だけだと思ったわ」

「見栄えがよくて、おっぱいとあそこがちゃんとしていれば、どこの国の人間だってかまわないんだよ。綾乃って女もそう。韓流スターのファンだって言ってたけど、韓国人と中国人の違いもよくわかってない。一番好きな俳優は、アンディ・ラウだって言ってたから。アジアのセクシーな男ならなんだっていいの。だから馬岳みたいなやつに、ひっかかっちゃうんだよ」

瑛子は、情報をメモ帳に書きとめた。女は不安げに尋ねる。

「あたしをパクるの？」

瑛子はペンを走らせた。メモ帳の紙をちぎって、それを女に手渡す。

「まともに稼ぎたいのなら、この番号に電話しなさい」

「ここから逃げろっていうの？　おまわりなんかを信用して」

「決めるのはあなたよ」

瑛子は胸ポケットの紙幣を改めて取り出す。金を女の手に無理やり握らせた。

「じゃあね」

瑛子は女に別れを告げ、部屋の玄関を出た。

2

ゆりかもめとＪＲを乗り継ぎ、御徒町《おかちまち》駅で瑛子は降りた。

アメ横はものものしい雰囲気に包まれている。しとしとと秋雨が降りしきるなか、カッパを着た多くの警官が通りをうろついている。宝石街では、そろいの帽子をかぶった地元の老人たちが、夜になってからもパトロールを続けている。管内で発生した殺人事件が、町の空気を緊張させていた。

十日前に起きた女子大生の刺殺事件。被害者の向谷香澄《むかいやかすみ》は、湯島のマンションまでの帰宅途中、不忍池《しのばずのいけ》付近の歩道で何者かに刃物で襲われた。

今日と同様に雨が降りしきる夜で、犯人の指紋や凶器といった物証は残されていない。防犯カメラでは、フルフェイスのヘルメットで顔を隠した男が、現場付近をうろついているのが確認されている。

瑛子は傘を差しながら歩いた。アメ横を離れて昭和通りを横切る。風景が古い問屋街に変わり、急に闇が濃さを増す。歩く人の数も少なくなる。

路地から、二人組の制服警官が姿を現した。新米とベテランのコンビ。年かさの制服警官は、女のひとり歩きが気に食わないのか、遠くから無遠慮な視線を投げかけてくる。暗闇のせいで、瑛子の顔を確認できないらしい。

新米の巡査のほうが、目ざとく敬礼をした。ベテランの村木巡査部長は、正体が係長の瑛子であるとわかると、急に顔を強張《こわば》らせて踵《きびす》を返した。上野署の地域課に属する四十代の警官だ。

瑛子は笑みを浮かべて駆け寄った。逃げようとする村木の襟を背中からつかむ。

「ちょうどいいところで会った」

「待て、待ってくれ」

村木はメタボ気味の身体を揺すった。だが瑛子は、強い腕力でぐいぐいと引き寄せる。

「待ってほしいのはこっちよ。ほら、逃げない」

「週末までには用意する。今度のレースは固いんだ」

「あんたが金をどこのドブに捨てようと知ったことじゃない。急にだんまり決めこむ態度が気に食わないと言ってるの」

「す、すまなかった。殴らないでくれ」

村木は股間を守ろうとして内股になる。瑛子はその隙に彼のポケットから財布を抜き出した。札入れに入っている紙幣をすべて抜き出す。二万七千円。村木は泣きそうな顔をして許しを乞う。

「なにしやがる。そいつをとられたら」

「もうじき私も三十六よ。ちょっと早い誕生日プレゼントとしていただいておくわ。それとも奥さんに全部打ち明けて、残りの四十万を清算してもらうほうがいい？」

瑛子は携帯電話を取り出し、ためらうことなく村木の自宅に電話をかける。通話音がする。

「わかった！　やめてくれよ」

村木は悲鳴をあげる。瑛子は通話を切る。

「私からの連絡は、どんなことがあってもシカトしないこと。メシを食っていようと、クソをたれてようと。たとえ目の前で、イカレた若者が通行人をめった刺しにしていようと。そうしなきゃ、すぐに奥さんのパート代をあてにすると思ったほうがいいわ。それとも娘さんのほうがよかったかしら。ついこの前、原宿の美容院に採用されたばかりなんでしょう？」

村木は目を見開く。

「八神……なんだって、お前そんなことまで」

瑛子は村木の頬をぴしゃぴしゃ叩く。

「ご利用は計画的に」

横で固まっている新米に告げる。

「デリヘルにはまってるんですってね。軍資金が足りなくなったら連絡ちょうだい」

新米は顔を赤らめながらうつむく。瑛子は紙幣を自分のポケットに入れて歩き去る。

浅草方面に進む。下谷神社の裏手を行くと、目立たない古びた雑居ビルが見えてくる。

ビルの所有者は、印旛会系千波組の幹部だ。千波組は鶯谷《うぐいすだに》から上野や御徒町、秋葉原といった東京東部の繁華街を根城にした老舗《しにせ》の団体だ。関東の広域指定暴力団の印旛会のなかで大きな影響力を持つ大組織だった。

ビルのなかには、千波組の若頭補佐である戸塚譲治《とつかじょうじ》のオフィスがある。事務所から五十メートルほど離れた路上に、警察車両のワゴン車が停まっていた。

瑛子はワゴン車のドアを開けた。

「うお」

だしぬけにドアを開けられ、なかにいた若手の井沢悟《いざわさとる》が身体をびくつかせた。瑛子の部下である彼は、スポーツ紙の風俗情報をぼんやりと読みながら、缶コーヒーを飲んでいる最中だった。あやうくコーヒーを膝《ひざ》にこぼしかける。

「お疲れっす。脅かさないでくださいよ」

「なにをびびってるの」

瑛子はワゴン車のなかに入りながら、暴力団事務所のほうを顎で指した。

「連中が襲ってくるとでも思った？」

井沢は口をとがらす。青春を柔道にささげた大柄な男で、睨みが利くという理由で、マル暴畑を歩まされている若手の刑事だ。長く伸ばした頭髪をオールバックにし、肌を小麦色に焼いている。スーツを着たその姿は、警官というよりも、水商売のスカウトマンに見える。

マル暴刑事はヤクザ文化の影響を受けやすい。彼も例外でなく、プライベートでは派手なアクセサリーをじゃらじゃらと身につけている。独身寮の部屋には、東映のヤクザ映画やVシネマのDVDが山積みだという。

「違いますよ。あのタコ署長がやって来るんじゃないかと思って」

「こんなところに来るほど、署長の仕事は暇じゃないわ」

「どうですかね。部下をかばうどころか、方面本部と一緒になって、叩くのがお好きな人だ」

「まだ恨んでるの？」

「そりゃそうですよ。おれがボンボンのラリ公をしばき上げたときも、根掘り葉掘り探りやがって」

井沢は声をひそめた。「夜中になると、ドサクサにまぎれて、署員の机のなかを漁ってるって噂です。悪党をとっ捕まえるどころか、身内ばかり疑りやがって。やることがいちいち陰湿なんですよ」

瑛子は四ヶ月前を思い出す。

六月、彼女らが属する上野署の組織犯罪対策課は、ドラッグパーティまっ最中の学生たちを急襲した。秋葉原の高級マンションには、大麻やMDMAを持ち寄った暴力団の準構成員もいた。

仲間が証拠物であるドラッグをトイレに流し終えるまで、玄関で壁を作って人を入れなかった二人の学生に、気の荒い井沢は次々と大外刈りをかけ、床に倒れた学生の顔をためらうことなく踏みつけた。

おかげで証拠物が消えずに済んだが、投げ飛ばされた学生らは、鼻骨骨折や打撲を負う羽目となった。

本庁の監察官の目をかわすのは、それほど難しくはない。現場にいた組対課の全員が口裏をきっちり合わせた。やっかいだったのは、学生らの父親が雇った人権派弁護士だった。警察嫌いで有名なその弁護士は、井沢と上司の組対課課長を違法捜査で告訴すると息巻いた。

弁護士の攻勢を止めるために、瑛子が一肌脱いだ。訴えた学生たちが、かつて十六歳の少女にMDMAを与え、セックスの快楽をひたすら追求していた事実を摑《つか》むと、それを弁護士の依頼主である学生の父親に伝えた。現場刑事と対立することは、息子の将来をより台無しにするだけだとやんわりと諭しつつ。

父親は即座に弁護士を解任した。それ以来、根が単純な井沢は瑛子に心酔している。

瑛子はポケットから一万円札を取り出した。村木から巻き上げた金だ。井沢のブルゾンのポケットに押しこんだ。井沢は身体をバタつかせた。

「ちょっと、なんすか？」

「ひとりで留守番しててくれた礼よ」

「いやいや、ダメです。こんなのもらうわけにはいかねえ。だいたい水臭いじゃないですか」

「かりに署長さんが、この現場にやって来るようだったら、『急に月のものが来たから、生理用品買いに行ってる』とでも言っておいて」

「それぐらいのこと、こんなもんもらわなくたって、いくらでも知恵働かせますから」

瑛子は井沢の顔をじっと見すえた。

「受け取んなさいよ」

「あ、いや」

井沢は目を泳がせた。瑛子は念を押した。

「これからもよろしく」

「まいったな」

井沢は、観念したように万札を自分の財布にしまった。

瑛子は、懐のさみしい警官たちに低利で金を貸しつけている。分不相応なマンションや一戸建てを購入した中年警官。自分の小遣いを犠牲にしてでも、子供を私立学校に通わせる幹部たち。ギャンブルでしか仕事の憂さを晴らす方法を知らない村木のような男。共済組合から、限度額いっぱいに借りている警官が対象だ。警官は共済組合はもちろん、銀行口座を常にチェックされ、プライベートな金など持てない。それゆえ瑛子の裏事業は、なにかと重宝がられている。

「回収のほうは問題ないですか？」

「すんなり返してくれる素直な人たちばかりよ」

彼女は、井沢の飲みかけの缶コーヒーを口にした。熱のこもった視線を頬に感じた。瑛子は事務所のほうを指さす。

「なにかあった？」

頬を赤らめていた井沢は首を振る。

「あ、いや……人の出入りは相変わらずさっぱりです。住みこみの小僧が、ホカ弁を買いに行ったぐらいで。オーナーの戸塚は事件以来、ずっとここには近寄ってないですから。まあ、こんだけマスコミに騒がれてたら、動きなんてとれやしないでしょうけど」

今回の女子大生殺しで動いているのは、上野署の強行班や本庁の捜査一課だけではない。瑛子が属するマル暴も活発に動いている。

被害者の向谷香澄は、母方の姓を名乗っていたが、千波組の組長である有嶋章吾《ありしましょうご》の娘だった。

香澄自身の交友関係と並行して、千波組の内情について徹底して洗われたが、共存共栄をモットーとする東京のヤクザが、他の組織とトラブルを抱えているという情報は今のところなく、まったくのカタギとして育てられた彼女をつけ狙うような暴力団関係者もいなかった。

「連中を見張ったって、時間の無駄でしょう。金持ち娘の痴情沙汰じゃないですか？　聞けば大学じゃさっぱり勉強もしねえで、ちゃらいガキどもと遊びまくってたっていうじゃないですか」

井沢は吐き捨てるように言った。家が貧乏で高卒の井沢は、大学生をひどく嫌っている。

「署長は報復を怖《おそ》れてるのよ」

「報復？」

「千波組の連中が、犯人を捜して、勝手に罪を裁いちゃうかもしれないってこと」

井沢は吹きだした。

「だから素人《トーシロ》は嫌なんだ。今どきそんな殊勝な考え持った極道がいるわけないじゃないですか。自分が殺しをやれば、下手すりゃ無期だ。馬鹿くせえ。こんなところで地味に張り込みなんかさせるぐらいなら、八神さんを捜査本部《ホンブ》に加えろってんですよ」

瑛子はスポーツ紙を拾い上げた。事件から十日が経つが、社会面ではこの事件の記事に紙面を大きく割《さ》いている。

被害者の香澄が、大親分の娘だとは記されていない。しかし大学のミスコンで準グランプリに輝くほどの美貌の持ち主であるがゆえに、『上野・美人女子大生殺人事件』という特大の見出しと、香澄の大きな写真が毎日のように紙面には登場していた。

長いストレートの黒髪と、ほっそりとした顔立ちが特徴的だ。大きなつけ睫毛《まつげ》と濃く引かれたアイラインは、女子大生というよりも、出勤前のホステス嬢を思わせる。

じっさい、勉学よりも遊興に徹していたらしく、父親に買ってもらった湯島のマンションを根城に、ずいぶんと派手な暮らしをしていたらしい。証拠として押収された彼女のケータイには、メモリいっぱいに電話番号とメールアドレスが登録されていたという。痴情沙汰の線で捜査するにしても、男性関係を調べ上げるだけで、かなりの時間と手間がかかっている。

瑛子たちは、被害者の父親の子分が抱えているオフィスを、朝まで睨み続けた。井沢の言うとおり事務所に動きはなく、朝日を浴びながら、瑛子らは上野署に引き上げた。

いつのまにか雨は止んでいた。玄関前には記者らがうろついている。裏口の職員玄関から入った瑛子に続き、あとから署長の富永《とみなが》が入ってきた。まとわりつく記者を振り払いながら。

二人は直立して頭をさげる。

「おはようございます」

長身の富永は二人を見下ろし、重々しくうなずいた。

キャリアの富永は三十八歳。同じ三十代の警官でありながら、歩んできた世界はひどく異なる。きっちりと七三に分けられた頭髪と剃り残しのない顎。瞳には、公安畑を長く歩んできた者特有の、鈍い輝きがあった。

彼の趣味はといえば、毎朝のジョギングぐらい。青年時代と体重や体型がまったく変わらず、制服のサイズが、入庁以来まったく変わっていないことを自慢の種としている。巨大警察署の署長として忙しく過ごしているが、そのうえ殺人事件の捜査本部長として、週に何度かは朝の捜査会議に加わっている。実質の捜査は本庁の捜査一課が仕切るが、署長は事件に並々ならぬ意欲を見せていた。

二人は壁側に立ち、富永を先に通した。

さっさと追い越してくれるのを期待したが、富永は数歩先を行ったところで足を止め、振り向く。

「天気が戻ったな」

「はい」

「事件発生時もひどい雨だった。個人的には、また雨が降るまでには、目星をつけておきたいと思っていたんだが、なかなかそうもいかないようだ」

　富永は微笑《ほほえ》んだ。

「そちらはどうだ」

　井沢は身を硬くする。瑛子は答えた。

「こちらも、とくに動きは見られません。社長の戸塚を始め、幹部クラスのほとんどが、事務所に近寄りもしませんから」

「そうか……」

　富永は顎に手をやって考えこむ仕草をした。早口で言う。

「事件から今日にいたるまでの千波組の動きを把握しておきたい。レポートを頼む」

「わかりました。いつまでに」

　富永は意外そうに眉をあげる。

「むろん今日中だ。午前中に捜査本部の会議を含めて、何本かこなさなければならない。それが終わり次第、目を通したい。午後イチまでには提出してくれ」

　富永は背を向けて歩きだす。井沢が小さく呟《つぶや》く。

「冗談だろ？」

　署長は足を止めた。

「冗談とは？」

井沢はバツの悪そうな顔をする。だが居直ったように、前に進み出る。

「だってそうでしょう。こっちは、部屋住みのチンピラが眠りこけてるだけのビルを、一晩中じっと睨んできたんだ。それこそジョギングなんぞする暇もなくね」

富永は腕時計に目を落とした。感情を露《あらわ》にする井沢と対照的に、涼しい顔のままだった。

「君は、この街にどれほどの数の人間が訪れるのかを、考えたことはあるか？」

「は？」

富永は唇をなめてから、一気に言った。

「一日の上野駅の乗降客だけで五十七万人。ここは年間千六百万人もの観光客が訪れる一大観光都市だ。この大きな数字の裏には、地元の人々の努力と知恵の歴史がある。しかし、それも凶悪犯罪ひとつで、街のイメージはいとも簡単に破壊され、甚大な風評被害をこうむることになる。この街で暴力団トップの肉親が殺害されたことは、すでに住民たちの間にも知れ渡っている。彼らは、もっと危険な事態が待ち受けているんじゃないかと怯《おび》えているのだ。つまり、この署の治安能力が試されているのであり、我々には一刻の猶予も与えられてないということだ。私はそんな危機感を抱いているのだが、そんな状況下でもゆっくり眠れるというのなら、眠りたまえ。無理に止めたりはしない」

瑛子が割って入る。

「さっそく作成にとりかかります」

「助かる」

井沢は噛みつく。

「待ってくださいよ。そんなに能力が問われるってんなら、なんで八神さんのような、殺しの捜査経験もある刑事を捜査本部《ホンブ》に組み入れないんです。捜査本部《ホンブ》が組対課に人員を要請したとき、うちの課長は八神さんを推したはずだ」

署長はこともなげに言う。

「私が却下した」

「なんだと」

井沢は目をむく。瑛子は無表情のままだ。

署長は咳払いをする。

「こんな廊下でするべき話とは思えんが、時間も限られているから仕方がない。私がこの四月に赴任して、約半年が経過した。この地域の土地柄や署員たちの性格も、だいぶ把握できたと思っている。君たち組対課が、八神警部補を筆頭に、目覚ましい活躍を見せていることも」

「ありがとうございます」

瑛子は静かに答えた。井沢が問う。

「だったらなぜです」

「さあ、私にもわからん」

富永は軽く肩をすくめた。井沢はあきれたように口を開ける。

「なんですか、そりゃ」

「私も理論を尊ぶほうだが、世の中には『なぜ』と問われたとしても、いつでも答えをすら用意できるわけではない。ただひとつだけ確実に言えるのは、性別を問題にしたのではないということだ。それをまず理解してくれ」

井沢は署長を睨みつけた。

「署長……あんた、人をなめてんのか？」

「井沢巡査部長。それなら君に尋ねるが、なぜ田所弁護士は、君に対する訴えを取り下げたのだろうね」

富永は顎に手をあてて尋ねた。思わぬ逆襲に井沢はひるむ。田所は、ラリ公学生の親に雇われた人権派弁護士だ。

「んなこと……おれが知るわけがないでしょう。依頼主とトラブって、解任されたってだけしか聞いてませんよ」

「別の弁護士を雇って、改めて君を吊るし上げようとする気も見られない。これも『なぜ』だ。依頼主は医師で、病院の経営者でもある。たいへんプライドが高い男だ。署に直接文句を言いに来たときもあったな。まるで吉良の首をもらいにきた赤穂浪士のような顔だった。君も覚えているはずだ。そんな彼が、ひとりでに復讐の念を捨て去ったとは、とても思えないんだが」

井沢の顔色が急速に悪くなる。瑛子は言った。

「署長、私たちは——」

富永は語気を強めてさえぎった。

「もう一度言うが、私は理論を尊ぶ。君たちの結束の固さは知っている。きちんと結果を出すこともだ。しかし私から言わせれば、不透明な点があまりに多い。今回のような大規模な捜査となる場合、長である私としては、まず姿形をはっきりと把握している人間を選ぶ。それゆえ見送らせてもらった」

富永は二人を見つめた。口調はいたって冷静で、感情を読むことが難しい。井沢はなにかを言いかけたが、ボロが出るのを怖れて、ただ口をもごもごと動かすだけだった。

富永は再び時計に目を落とした。

「異論はあるか」

「ありません。期待に沿えるよう、努力するだけです」

「よろしい。君らの実力は疑っていない。非常に限られた時間だったが、有意義なディスカッションができた。これを機に、さらに強固な関係が築けることを願っている。そのための一歩として、まずはすみやかにレポートを提出してほしい。知りえた事実を漏らさず記してくれ」

富永は返事を待たずに歩き去った。立ち止まることなく、階段を快調に上っていく。

瑛子は、煮え切らない顔で立ち尽くす井沢の尻を叩いた。

「あいつを甘く見ちゃダメよ」

3

富永昌弘《まさひろ》は捜査員たちの顔を見回した。

上野署の会議室に設けられた捜査本部。被害者が暴力団トップの娘ということもあり、当初は緊張感と熱気に満ちていた。だが、捜査の進展は思わしくなく、捜査員の疲労も、日に日に濃くなっていった。

会議室のプロジェクタースクリーンには、被害者の向谷香澄を中心に、多くの人物の画像が映し出されている。父親の有嶋章吾を始めとして、友人や恋人たちで、スクリーンは端から端まで埋まっている。

被害者はブログやSNSをひんぱんに利用していたため、大学の内外にファンや知人が多く、その人間関係は複雑を極めた。

財布やバッグが盗まれなかったことから、物取りではなく、怨恨や痴情のもつれによる犯行の線で捜査が始まった。大学で交際していたボーイフレンドだけでも、内外あわせて八人も浮上しており、なかにはケンカ別れした男もいる。だが、それぞれにはっきりとしたアリバイが存在していた。

捜査主任である捜査一課の沢木管理官が、捜査員に訊いた。

「地取り班、その後の進展は？」

立ち上がったのは、上野署刑事課の課長補佐だ。朝から疲れきったような顔をしている。

昨夜の成果は一目でわかった。

「昨日は事件当時、寛永寺周辺で客待ちしていたタクシー運転手、また上野公園の露天商やレストラン従業員、それと公園を根城にしているホームレスに当たりましたが、反応のあった人物は今のところおりません。また昨日まで接触できなかった不忍池近くのナイトクラブ経営者やスナック店の店主に、事件当時の状況について訊きこみましたが、被害者《ガイシャ》や不審人物を目撃した者もおりませんでした」

口のなかに苦味が広がった。

富永は、刑事課だけでなく、組対課や生活安全課からも、現役刑事を応援として捜査本部に送っている。どこの署の刑事も、猫の手を借りなければならないほど忙しい。通常であれば、応援は精鋭こそ残し、経験の浅い若手や、一線を引いたベテランを派遣する。だが事件の重大性を考え、働きざかりの刑事を投入している。

観光地でもある不忍池付近で殺人。しかも殺されたのが美人女子大生とあって、メディアは大々的にこの事件を報じている。解決が長引けば、その土地のイメージはガタ落ちだ。

実りの少ない会議のなかで、富永は今朝のやりとりを思い返した。八神瑛子の整った容姿が目に浮かぶ。肩のあたりでカットした短めの髪と鋭い眼差《まなざ》し。高い鼻梁《びりょう》や薄い唇。色気を感じさせる白い頬。認めたくはなかったが、彼女なら、捜査の手法に問題があっても、なにかしら獲物を持って帰ってきそうな気がしてならなかった。

八神は上野署のエースのひとりだ。男性社会の警察組織にいながら、美貌の持ち主である彼女を女神のように称える刑事はたくさんいる。剣道三段の腕前で、高校時代はインターハイにも出場。凶悪犯や暴力団員にもひるむことがない。

多くの協力者《エス》を飼っていることもあって、裏社会の情報にも長《た》けている。方面本部賞や署長賞は数知れない。警視総監賞を七回。富永が赴任してからも、大麻密売を手がけるイラン人グループを根こそぎ検挙するなど、めざましい活躍を見せている。

だが、当初から富永は彼女を警戒していた。現場刑事が勘や読みを重んじるのと同様に、管理職には管理職なりの勘がある。八神は劇薬だ。それは井沢のように、エリートと見れば嚙《か》みついてくる頑固さとは違う。

彼女の冷ややかな顔つきを見ていると、若かりし日の公安時代に対峙してきた敵を、思い出さずにはいられなかった。福井で見たイスラム系テロ組織に関係しているといわれるレバノン人や、北海道の小樽で中古車輸入業をしていたロシアンマフィア。京都の学習塾に出入りしていた極左の大物活動家。思想や信仰が強固な信念を作り上げ、自身の感情をマシーンのようにコントロールできる。八神はそうしたタイプの人間に見えた。

四月に上野署に赴任した富永が最初に手がけたのは、署内の人間の身辺調査だった。署員の誰が家のローンに悩み、誰が妻と不仲で、誰と誰とが男女関係にあるのか。自分の手駒が、どんな形をし、どんな色をしているのか。どこに異動しても同じことをしてきた。

現在では署員の内情をほぼ把握している。まだ充分につかみきれない者がいるとすれば、それはやはり八神だった。彼女名義の銀行口座や共済組合の口座はクリーン。亡き夫と住んでいた豊洲のマンションにひとりで暮らしている。私生活はほとんどなく、仕事中毒といっていい。趣味といえば、ジムや道場で身体を鍛えていることぐらいだ。

「富永署長、なにかございますか？」

気がつくと、司会役の刑事課長が富永のほうを向いていた。

みなさんの奮闘努力を願う――富永は簡潔な挨拶ですませる。無駄な長広舌で時間を奪うわけにはいかない。そもそもプライドが高い職人集団に、あれこれと言葉を投げても、かえって士気をそぐ形にしかならない。

隣の沢木管理官はほっとしたようにうなずき、手を打ち鳴らして部下たちに檄《げき》を飛ばす。富永は捜査一課の男たちを見やった。このなかに、八神の夫の事故を調べた人間がいるのかもしれない。

八神は、かつては品行方正の警官という評判だった。町田署の交通課にいたころは、同じ署の刑事が酒酔い運転したのを発見して逮捕している。署の同僚から、裏切り者としてさんざん嫌がらせを受け、更衣室で暴行されそうになったところを、ソフトボールのバットで撃退したという噂まである。それも、夫の死をきっかけに変わってしまった。

八神の夫は出版社の雑誌記者だった。男まさりな八神とは対照的で、他人に恨まれることのない穏やかな性格だったという。

三年前の初冬、その彼が奥多摩にある鉄橋の下で遺体となって発見された。捜査一課は、事故と事件の両面から捜査を始めたが、最終的には、死因を飛び降り自殺と断定している。

事故当日、彼がトレッキングの準備もないまま、普段着で奥多摩に向かった点や、下戸《げこ》だったはずの彼の血液から、高い濃度のアルコールが検出された点から、そう判断された。同伴者もなく、ひとりで向かったことも大きかった。

結婚一年目に起きた悲劇。当時、彼女は荻窪署の総務課に所属していた。子供ができたことをきっかけに内勤となっていた。

妊娠四ヶ月目に入っていた八神は、夫の自殺説を強硬に否定した。だがその訴えは通らず、耳を貸す人間もいなかった。つらい事実を、新婚の妻が受け入れられずにいる。周囲はそう判断した。そして彼女は、夫を亡くした一ヶ月後に流産している。

瑛子は三ヶ月の休職を経て、職場に復帰した。そして刑事職に戻れるよう当時の上司に請願している。それからは夫と子供の死を引きずることなく、自動車盗や引ったくりを次々に捕らえ、優秀な刑事としてカムバックを果たしているが……。

富永は八神の冷たい眼差しを思い返す。

あれは絶望を乗り切ったものの目ではない。八神が出す結果は申し分ない。だがそれにいたるまでのプロセスに、腐敗と不正の臭いを感じ取っていた。警察官でありながら、自分が属する組織に対して不信と憎悪を抱いている。

富永は会議室を出ていく捜査員たちの背中を見つめながら、落ち着きなく膝を揺すった。

八神は捜査本部に加わりたがっている。夫の死因を自殺と決めつけた捜査一課に、なにかしらの悪意をぶつけるつもりではないか。捜査自体をかく乱させるほどの憎しみを。

富永の携帯電話が震える。メール着信を知らせる。

なんの確証もない。今のところは。だがその答えは近いうちにわかるだろうと考えていた。

4

報告書を提出した瑛子が、署を後にしたのは二時過ぎだった。

署の近くの食堂は、ランチタイムを終えている。アメ横のカレーショップで昼食を簡単に摂《と》ってから、昭和通り沿いの古い雑居ビルに向かった。

空中を走る首都高の影に隠れた小さなボロビル。ガタのきたエレベーターで三階に向かう。扉が開くと、香水と化粧品のむせかえるような匂いがした。多くの人間たちであふれ返り、タガログ語や中国語など、複数の言語が飛び交っている。

劉英麗《リウインリー》の語学教室は本日も盛況――アジア系外国人でいっぱいだ。手には日本語学習のための参考書や、プリントを挟んだクリアファイルを抱えている。そのほとんどが中国人女性と東南アジアの女たちだ。空調を効かせているはずだが、外のアメ横よりも熱気に満ちている。

汗を拭《ふ》きながら、パソコンと生徒の対応に明け暮れている女事務員に目で尋ねる。うんざり顔の事務員が顎で校長室を指し示す。彼女は刑事である瑛子を好いていない。生徒たちの間でも、勘のいい者は、瑛子を警戒するように身を引いた。注目を浴びながら奥へと進む。

ここでは日本人がやって来るほうが珍しい。夜の商売に励む女たちが、貪欲に語学を学びにやって来る。経営者自身が、かつては売れっ子ホステスだっただけに、実用的な日本語を学べると評判になり、昼間は多くの女たちでごった返す。

狭いスタッフルームに出向くと、そこでは校長の劉英麗が大口を開けて出前のラーメンを啜《すす》っていた。白いシャツの上部のボタンを外し、シャツの生地をはためかせ、胸元に風を送っている。せっかくの美貌が台無しだ。

しかし、いくらだらしない格好を披露しても、若々しさは損なわれていない。年齢は三十代後半のはずだが、瑛子よりもはるかに若く見える。瑛子がやって来ても、気に留めずに食べ続けている。

彼女のほうを見ずに、英麗は言った。きれいな日本語だった。

「忙しいようね。顔がちょっとやつれてる」

「おかげさまで」

瑛子は椅子に腰かけた。

「寝不足は敵よ。生徒たちにもよく言うの。寝る間を惜しんで勉強するのもいいけど、女はぐっすり眠らなきゃ、もっと大事なものを失うってね」

「ゆっくり眠れる身分になりたいものよ。あなたみたいに」

「それほど睡眠を大事に考えてるのに、昨日の夜遅くに電話があって叩き起こされたわ。こっちは寝入ったばかりだってのに。非常識な娘ね」

瑛子は、お台場のマンションで会った娘の顔を思い返した。彼女に渡した紙切れの連絡先が、英麗の携帯電話だった。

「いい娘よ。バカなヒモのせいで、痣《あざ》だらけだったけれど。店で働かせたら、きっと稼いでくれると思う」

「いつからスカウトに転職なさったの？」

「DVの相談に乗るのも仕事のうちよ。揉《も》めそう？」

英麗はハンカチで口をぬぐう。チャーシューとスープを残し、ラーメンの丼を端にのける。

「女の子ひとりをやり取りするのに、そんなに揉めたりなんかしないわ。そのヒモはわからないけれど、ヒモが籍を置いてる団体ならよく知ってる。人を介して、円満に移籍できるよう取り計らってる。あっちの団体としても、下手に揉めて、また桜の代紋背負った乱暴者に、シノギを荒らされるわけにはいかないでしょうから」

「悪いわね」

英麗が抱えているのは語学教室だけではない。上野や錦糸町や新小岩に中国人クラブや飲食店をいくつも抱えている。彼女はテーブルの端に重ねられた小ぶりの茶碗を取った。ポットに入った氷入りの中国茶を注ぎ、瑛子の前に差し出した。

「いい娘ならいつだって歓迎よ。それに東京のヤクザほど、平和を愛するオトナな人たちはいないから楽よ。そこへ行くと私たちはダメ。すぐに青竜刀《チンロンダオ》だの黒星《ヘイシン》だのを持ち出して、血の雨を降らせることしか考えないんだから」

英麗は笑いながら、食後の茶を口にした。

瑛子は苦笑する。英麗の言葉に嘘はない。彼女とその手下を怒らせれば、いとも簡単に血の池ができる。

一介の中国人ホステスから、福建マフィアの大幹部に成り上がった英麗は、アジア系の夜の女たちにとって生ける伝説だ。

ハルビンの食品工場で、餡《あん》こを日本に輸出するために、小豆《あずき》をひたすら煮続ける毎日にうんざりし、十五年前に語学の修得と大金の獲得を目指して来日した。新大久保の中国人クラブでナンバーワンホステスになり、蛇頭のボスの情婦に昇格。一介のホステスから、飲食店を切り盛りする実業家へと出世した。

彼女の愛しきボスが殺されたのがちょうど十年前。ボスは刃物でズタズタに切り裂かれ、死体は晴海の船着場から海へと放りこまれた。殺したのはボスの右腕となる人物で、ボスに断りなく北朝鮮製の覚せい剤を売買していた事実が露呈し、粛清を怖れて先手を打ったのだ。ボスの抹殺に成功した右腕は、そのまま組織の実権を掌握しようと画策したが、英麗が浮き足立つ他の部下たちをまとめ上げ、右腕の身柄をさらうことに成功した。

以来、右腕の姿は現在まで発見されていない。情夫の地位をそっくり受け継いだのは英麗だった。飲食店やクラブの経営は他人に任せ、今は自分が得た語学の知識とノウハウを活用して、語学教室の運営に熱を入れている。夜の世界には、彼女の信奉者がわんさかといる。教室が賑やかにならないはずがなかった。

英麗は手を合わせて瑛子に願った。

「いい娘を見かけたらまた教えて。ただし、夜中に電話するのは勘弁よ」

「わかった。二度とさせない」

「約束を破ったら、前にも言ってるとおり、あなたも夜の蝶になってもらうから。いいわね？」

瑛子はゆっくりとうなずいた。英麗の口調はあくまで軽い。だが、かりに同じ過ちを繰り返したとしたら、英麗は冷酷な罰を与えてくるに違いなかった。刑事である瑛子を痛めつけたりはしないが、警察官を辞めさせるくらいの策略を、当たり前のように練る。他愛もないことであっても、ルールはルールだ。しかしそれさえ守っていれば、公正で度量のある女ボスだ。瑛子の要請にもきちんと応えてくれる。大物ぶってふんぞり返っているオスたちよりも、よほど優れた首領だった。

「で、見つかりそう？」

英麗は本題を切り出した。声のトーンを落とす。

「リーチってところね。今週中に炙《あぶ》りだすわ」

「さすが。この件だったらいつでもかまわない。少しくらいの肌荒れも我慢するから、連絡をちょうだい。電話一本よこすだけでいいわ。あとはこっちでやるから」

「そうさせてもらう。やつの昔の女が証言してた。功夫《カンフー》の腕がどうのこうのって」

「ゴンフー《功夫》って言ってくれる？　自分の生徒がそんな有様だと悲しくなっちゃう」

英麗は北京語で言い返した。瑛子は日本語で続けた。

「私じゃ捕獲は無理ってノロケられたわ。あいつはその功夫《ゴンフー》とやらの腕利きで、頭もよく回るらしいからって」

「それはどうかしら。きちんと頭が回るのなら、私のお仕事の邪魔をするはずがない。そうでしょ？」

英麗は微笑を浮かべたままだ。しかしコメカミが一瞬、震えるのを瑛子は見逃さなかった。

「そうね」

「馬岳は、私の人生のなかでワーストファイブに入るほどの、指折りのバカよ。だからもうじき消えてなくなる。私は早死にしたがるやつと、早死にしたやつを崇《あが》める連中が大嫌いなの。坂本龍馬なんかより、嫌らしいくらいに長生きした山県有朋《やまがたありとも》のほうがずっとクールよ」

「よその国の歴史なんて、いつ勉強してるの？」

天井に設置されたスピーカーからチャイムが流れた。英麗は席を立った。机に積んでいた日本語の参考書とプリントを抱える。校長直々《じきじき》の授業がもうすぐ始まるのだ。

「なんでも知っておかなきゃ、お尻がなんだかむずむずするの。あなたのところの署長さんと同じ。それじゃ、引き続き頼むわね」

黒のタイトスカートに包まれた大きな尻を揺すりながら、校長室を出て行った。

英麗は瑛子の貴重な情報提供者だ。彼女の仕事をこなしていれば、確度の高い情報が得られる。たとえ彼女の依頼内容が、どれほど危険で、血にまみれたものだとしても。

今回の依頼は、馬岳という上海出身のチンピラを探し当てることだった。世界屈指のバブル都市の勢いさながらに、さんざん顔役たちのメンツを潰して暴れまわったために、上海にはいられなくなった無法者だ。

日本で人身売買のブローカーとなった馬岳は、不法滞在の女や留学生をヴァンで拉致し、そのまま沖縄や台湾の売春クラブに売り飛ばすという後先考えないやり方でビジネスを始めた。さらう相手が中国人なら、警察も腰を上げることもない。この凶暴な人さらいは、女たちにとって最悪の脅威となった。

英麗の店で働いている女たちも被害にあった。川口の中国人クラブのホステス嬢が、忽然《こつぜん》と姿を消した。不法滞在の中国人女性で、彼女は蛇頭に借金があった。それを苦にしての逃亡と思われたが、沖縄のヤクザが管理する売春窟で、無理やり股を開かされていたことが判明した。

英麗が嬢の買い戻しに動いたときはすでに遅く、小遣い銭のような値段で、毎日数十回の性交を強要されたホステス嬢は、クラミジアやヘルペスなどのあらゆる性病を移され、労働意欲を奮い立たせるために覚せい剤までたびたび注射されていた。

ホステス嬢を写真で確認した英麗には、同一人物にはどうしても見えなかったという。髪はごっそりと抜け落ち、前歯が何本も欠け、枯れ木のように痩せ細っていた。

さらった犯人が馬岳と知った英麗は、やつの首を一刻も早く持参するよう部下たちに発破《はっぱ》をかけた。ホステス嬢が自分で逃走したと判断ミスを犯した英麗は、失敗を克服するために他の老板《ボス》たちにも協力を要請し、さらにつきあいのある刑事にも捜索を命じているというわけだ。

茶を飲み干した瑛子は教室を辞した。昨日から一睡もしていないために、太陽の光が矢のように目に突き刺さる。

瑛子は、豊洲の自宅マンションに帰るべく、ＪＲの駅へと向かった。

※

急な流れの前に、なすすべもなく立ちすくむ。

向こう岸が見えないほどの巨大な河。あたりは深い暗闇に包まれていて、ほとんどなにも見えない。

ごうごうと凄まじい音をたてている。黒い濁流しか目に入らない。瑛子には、じっと見つめる以外の手段は与えられていない。

やがて濁流から巨大な手が伸びる。ガスでぱんぱんに膨らみ、赤ん坊のように丸味を帯びた腕は、川岸に立っていた彼女の足首を摑む。冷たい泥に包まれたような感触を、足首に感じる。

川面から伸びた手が、瑛子を黒い水流に引きずりこむ。頭から水面に叩きつけられ、身動きできないまま川の底へと沈んでいく。冷たい岩棚に身体を打ちつけられながら瑛子は呟く。

「ごめんなさい」

自分の声で目を覚ました瑛子は、布団のなかで身を震わせる。

肌はぬくもりに包まれていたが、胸の奥には氷柱《つらら》をあてがわれたような冷たさがあった。うんざりする夢だが、もう慣れている。三年前はそれこそ毎日見た。

ツインベッドの寝室を、瑛子はひとりで使っている。二つのベッドのうち、ひとつは掛布団もなく、瑛子の衣服や書類の置き場と化している。三年間、そのベッドで眠った者はいない。

外はもう暗かった。周りは高層マンションで囲まれている。深夜にならなければ、深い闇が訪れることはない。窓からは、街灯やビルの照明の人工的な光が、ぼんやりと差しこんでくる。

瑛子はナイトテーブルの携帯電話を拾い上げた。二十時を回っている。張り込みの交代の時間はとっくに過ぎていたが、連絡がないところを見ると、井沢がうまく立ち回ってくれているのだろう。

寝室を出て、リビングを通り過ぎた。広々とした室内。その部屋の一角を占める大型テレビやDVD機器、コンポの類《たぐい》は電源を抜いたままだ。それらはオーディオ好きの夫が愛用していたもので、映画や音楽に関心のない彼女には、単なる巨大なオブジェでしかなかった。

自炊をしていないので、ゴミもたいして溜まらない。きちんと整頓され、清潔に保たれているが、ホテルの部屋のように生活感が希薄だった。そもそもひとりで住むには広すぎる。もともとは三人で暮らすために購入した物件だった。

洗面台で顔を洗っている最中、傍《かたわ》らに置いていた携帯電話が震えだした。井沢からだ。

「ごめんなさい。今すぐ向かうわ」

瑛子は通話ボタンを押して言った。

〈いや、そうじゃねえんですよ。ただ、知らせておこうと思いまして〉

井沢の声は高揚している。

「なにかあったの？」

〈殺しです。浅草橋のほうで若い女が、また路上でメッタ刺しにされたみたいで〉

千波組組長の娘が殺された件が頭をよぎる。

「暴力団員《マルB》の関係者？」

〈いや、まだ詳しくはわからねえんですが、被害者《ガイシャ》はエステ店で働く中国人女性らしいです。出勤途中でやられたみたいで。刃物でブスリって手口は、上野の殺しと似てますけど〉

「ありがとう。続きは、誰かに聞いてみる」

電話を切った瑛子は、身支度のスピードを上げた。

上野署のマル暴である瑛子は、直接的には殺人事件の捜査にかかわってはいない。だが、その捜査情報にはなにかと使い道がある。

黒のパンツスーツを着ると、瑛子はもうひとつの部屋に入った。六畳程度の空間。フローリングの床の上には、テーブルと小さな仏壇。それ以外にはなにも置いていない。

瑛子は仏壇に手を合わせた。位牌の隣には写真立て。クマみたいなヒゲ面の雅也《まさや》が人懐こそうな顔で微笑んでいる。

雅也と、この世で生きられなかった娘のために祈り、それから部屋を出た。

5

深夜の蔵前署はごった返していた。

正面玄関の前はマスコミ関係者でいっぱいだ。署員たちが駆けずり回って、記者たちの整理にあたっている。

　道路には、テレビ局の中継車が何台も停まっている。記者たちの顔は緊張と昂奮で赤い。通常の殺人事件とは、明らかに雰囲気が異なる。

　瑛子は人の波を掻きわけて署内に入った。一階のロビーにはサツ回りの記者たちがうろついている。韮崎《にらさき》の姿を探す。

　古ぼけた長椅子に、見覚えのあるバーコード頭があった。膝にノートパソコンを置きながら、内股の姿勢でキーを熱心に叩いている。声をかけようと近づいたが、ふいに顔をあげた彼が先に気づいた。

　韮崎はノートパソコンを勢いよく閉じると、長椅子を蹴って瑛子に向かってダッシュした。

「姐《ねえ》さんじゃないか。なんだって、あんたが……」

「やっぱり、ここにいた」

　韮崎は、落ち武者みたいに乱れた頭髪を手櫛《てぐし》で直した。背丈が低く、瑛子の首のあたりしかない。くたびれた中年の見本という風貌だったが、体力自慢の瑛子にも負けないスタミナを誇る。

　彼は目を輝かせた。

「そりゃ、こっちのセリフだよ。つまりあれか。やっぱあんたがここにいるってことは、今度の事件《ヤマ》は上野と関係が――」

韮崎は慌てて口を閉じた。周りには、目つきの悪い記者たちが群れをなしている。韮崎は瑛子の袖を摑み、人気のない廊下へと引っ張る。「しかもまた暴力団絡みってことか？　こいつはおもしろくなってきたな」

「早とちりしないで。こっちも、そうかどうかを知りたくて、わざわざあんたに会いにきたのよ」

韮崎の顔があからさまに曇る。

「な、なんだそりゃ。記者に話を訊きにくる刑事《デカ》がいるかよ」

「ここにいるわ。あんたに訊くのが一番手間取らない。もういろいろ仕入れてるんでしょう？」

「鵜飼《うかい》の鵜じゃあるまいし、なんだってあんたに情報を吐き出さなきゃならねえ」

「なに？」

瑛子は耳に手をあて、聞こえないフリをした。冷たい目で見下ろす。

「嘘だよ。その代わり、上野のほうに動きがあったら頼むぜ」

「殺されたのは中国人女性らしいわね」

「ああ。林娜《リンナ》って名前の若いねえちゃんだ。新橋のエステに勤務している。今日の午後だ。

自宅マンション近くの路上で、何者かにブスっとやられたらしい。叫び声を聞いた近所の住人が飛び出したら、腹や胸をぐちゃぐちゃにされた林娜嬢が倒れてたって話だ。現場が自宅の近くだったから、機動捜査隊《キソウ》の訊きこみですぐに身元や仕事先がわかったってわけだ」

「ホシに関する情報は？」

「おいおい、ついさっき起きたばかりだぜ。男か女かもわからねえよ。会見もまだ開かれちゃいねえんだ。被害者《ガイシャ》の身元がわかっただけでも御の字ってもんだ。林娜嬢自身は、身分証明書の類を持ってなかったらしい。パスポートは店側が管理していたようだな。殺されたのがどっか遠い場所だったら、身元をはっきりさせるだけでも、かなり時間がかかったはずだ」

瑛子は口をへの字に曲げた。

「上野との共通項は、若い女性が刃物で殺されたってところだけね。期待に胸ふくらませるのは勝手だけど、上野とは別件と考えたほうが自然じゃない？　浮き足立ってると、また上から目玉を喰らうわよ」

「んなことは百も承知さ。うちは高級紙なんだ。関連があるかどうかを調べるのは、もちろん捜査一課《ソウイチ》の旦那方で、おれたちは事実を慎重に報じるだけさ。たとえば、この気の毒なエステ嬢の写真とかをな」

韮崎は余裕の笑みを浮かべる。麻雀で高い役で上がれたときに浮かべそうな顔つきだ。思わせぶりに、にやにやするばかりで、韮崎はなかなか動こうとしない。瑛子は彼の胸を軽くノックした。

「お互いに忙しい身分でしょ？」

「つまりだな、おれも、よその新聞記者《ブンヤ》たちも発情しきってんのは、こういうわけなのさ」

韮崎は自分のノートパソコンを開いた。指でパッドを器用になぞって、アイコンをクリックする。

画面に現れたのは、長い黒髪の色白な女だ。ストレートの艶やかな髪が、胸のあたりまで伸びている。眉のあたりで切りそろえた前髪の下には、大きな瞳とほっそりとした形の顎があった。

「な？　けっこう似てるだろ？」

韮崎が自慢げにディスプレイを瑛子に近づけた。

「これは」

瑛子は目を細めた。画面を見て、即座に向谷香澄の顔を思い出した。

香澄とタイプがよく似ている。時間が経つにつれて、異なる箇所もいくつかは目につく。香澄はもっと鼻が高く、唇が大きい。大輪の花みたいに華やかな感じがする彼女と比べて、画面に映った林娜は、目以外のパーツが総じて小さい。整形手術を受けているようで、二重まぶたの目が不自然なくらいに大きく見える。その目の下には、小さな涙ぼくろがあった。

　撮影には慣れていた香澄が、どの写真でもアイドルやモデルのように、自信満々な表情を見せていたのに対し、林娜は風でなびく黒髪を押さえ、困ったような微笑を浮かべている。身体そのものが、風で吹き飛ばされてしまいそうな、どこか儚《はかな》げな印象を見る者に与えていた。

「もういいか？」

　韮崎がノートパソコンを引っこめようとする。彼の手をつかんで阻止した。

「待って」

「がっつくなよ。どうせこれから、嫌でもたっぷり拝むことになるんだから」

　瑛子は見つめ続けた。まっすぐに伸びた黒髪や、アーモンド形の大きな目。首が長く見える鋭角な顎。かもし出す雰囲気は異なるが、外見だけを見れば、記者たちが昂奮するのも無理はないと思った。

「どこで手に入れたの？」

「ネタ元までは教えられねえよ」

「隠すほどのことじゃないでしょ」

韮崎は舌を出しておどけた。

「まあな。林娜嬢の職場のご友人が提供してくれたものさ。わんわん泣いたかと思うと、『いくらで買ってくれる?』ときたもんだ。抜け目ないというか。マスコミ相手に、オークションを開いてたよ」

「いつ撮られたもの?」

林娜の後ろに、テレビ局の銀色の建築物が写っていた。それで昼間のお台場だとわかる。強い海風が、彼女の長い黒髪をたなびかせている。

「半月前に、そのご友人と休日に撮ったもんだ。殺されたときと同じヘアスタイルだ。これがどういう意味かわかるかい? その昔、テッド・バンディっていう殺人鬼がいて、こういう長い髪のねえちゃんばかり狙って、何十人も殺したんだが、日本でもついにこの手の人殺しが登場したってことだな。都内の高級マンションに住んでるリッチな女子大生と、借金こさえて日本に働きに来た中国人ホステスとじゃ、外見以外になにかつながりがあるとも思えねえ。おたくの署長さんにとっちゃ気の毒な話だが、こいつは嫌でもセンセーショナルな扱いになる」

昴奮する韮崎をよそに、瑛子は考え続けた。

同一犯による犯行と判断するには、まだ全然材料が足らない。とはいえ見過ごせるものでもない。捜査本部は、二つの事件の関連性をとことん調べ上げるだろう。

事件の内容を知った瑛子は、報道陣とやじ馬でごった返す正面玄関を出た。

署の前を走る蔵前橋通りに入ったところで、背後から野太い声で呼び止められた。

「おい、八神！」

背中を向けたままでも、声の主が誰なのかはわかった。

ゆっくり振り返ると、冷蔵庫のような分厚い身体の男が近づいてくる。よそ者を見かけた地回りヤクザよろしく、怒りをはらんだ視線を向けてくる。

瑛子は軽く会釈をした。

「ごぶさたしてます。先輩」

「ここでなにをしてる」

川上は、身体がぶつかりそうな距離まで近寄る。

彼は板前みたいに髪を短く刈り、スーツとネクタイをきちっと着用していたが、上野署の道場で泊まりこみが続いているせいか、モミアゲと頰に剃り残しの髭がポツポツと生えていた。

「不思議ですね。上野では、なかなか顔を合わす機会がなかったのに。どうしてらっしゃるのかと思ってましたけれど」

「ごまかすな。なにをしてるとおれは訊いてる」

「ちょっと所用があったので、寄ったまでです。まさかこんな大変なことになってるなんて」

川上は瑛子を睨む。その表情は険しい。目を吊り上げ、歯をきつく嚙み締めている。威嚇する野生動物を思わせた。

「……おれたちの邪魔をするつもりじゃあるまいな」

「なぜ、私がそんなことを？」

瑛子は涼しげな態度を崩さなかった。並の人間なら震え上がる捜査一課の班長の視線を受け止める。

「とぼけるな。ここに来たのも、エステ嬢殺しの捜査に首を突っこむためだろうが」

瑛子を、警察社会の異物と見なす人間が何人かいる。ひとりはこの川上だ。大学時代の剣道部の先輩であり、瑛子に警官になるよう勧めてくれた恩人でもある。そして、夫の雅也の事件を担当した。

瑛子は再び言う。

「なぜ、そんなことを？」

「言うまでもないだろう」

彼女は首を力なく振った。

「あのころの私は冷静ではなかった。それは認めます。しかしすでに謝罪もしている。ようやく忘れかけようとしているのに。なぜ今さら、蒸し返そうとするんです？」

「蒸し返しているのはどっちだ」

あたりには記者やテレビの取材クルーがうろついている。川上は低い声で言った。

「おれが知らないとでも思ったのか？　派手に結果を出しているようだが、そんなもんはみんな嘘っぱちだ。お前はすっかり変わっちまった。暴力団《マルB》とベタベタつるんで、やつらのお目こぼしにありついているだけだろうが。お前がやってるのは刑事の仕事じゃねえ。クズどもの使いっぱしりだ」

「…………」

「夫の件で納得がいかねえのはわかる。だが、その後のお前ときたら……一体、どういうつもりだ。金儲けに励みてえのなら、せめて警官を辞めてからにしやがれ」

川上を見すえて言った。

「すっきりしましたか？」

彼は絶句した。腕時計に目を落としながら彼女は続ける。

「用が済んだのなら、これで失礼します」

背を向けて、歩き去ろうとする。

「待て」

川上が瑛子の腕を摑む。長年に渡って竹刀や木刀を握り続けてきた人間の、ゴワゴワとした掌の感触が、彼女の腕に伝わってくる。

「離してください」

「ふざけるなよ。いつまで反抗期のガキみてえな真似してんだと、おれは――」

「離して」

瑛子は無表情のまま声を張り上げた。せわしく動く記者たちが、二人のほうを向く。川上が反射的に手を離す。

瑛子はスーツの襟を正した。

「私とお喋《しゃべ》りするために、ここへ来たわけではないでしょう。捜査が無事に進むことを祈ってます。先輩」

川上の反応を待たずに歩きだした。彼に摑まれた右腕を、もう一方の手で軽くさすった。

川上の融通の利かない生真面目さは、相変わらずのようだった。

摑まれた右腕がわずかに痛む。とはいえ、怒りに任せた川上が本気だったら、この程度で済むはずはない。

ＪＲ浅草橋駅に向かいながら考えた。上野の殺人事件を担当していた川上が、蔵前署を訪れた。彼らとしても、けっして無視できるものではないのだろう。同一犯による連続殺人なのか——今ごろ捜査一課は頭を悩ませているはずだ。

駅で電車を待っている間に携帯電話が鳴った。井沢や署長の顔が浮かんだが、表示された名前は予想とは異なっていた。

正反対の組織に属する人間からだ。

通話ボタンを押すと同時に、黄色の電車がホームに滑りこんできた。ホームの端を目指して歩きながら電話に出た。

「もしもし」

〈姐さんか〉

千波組の若手幹部である甲斐道明《かいみちあき》の低い声がした。上野の風俗店やホストクラブのケツモチをしつつ、自分も複数のデリヘルを経営している極道だ。

「久しぶりね。そろそろ、かけてくるんじゃないかと思ってた」

〈それなら話が早い。明日、時間を作ってくれないか？　会わせたい人がいる〉

「誰？」

〈おれの兄貴さ〉

瑛子は額を手でなでた。管内の暴力団の組織図は頭に入っている。甲斐の親しい兄貴分といえば数は限られる。組の若頭補佐の戸塚譲治だ。

瑛子は鼻で笑った。

「奇遇ね。私もここ最近は、ずっと彼の仕事場を睨んでたところ」

〈そうらしいな。日参してくれている礼も兼ねて、挨拶がしたいんだそうな〉

「親分の娘の件？」

〈おれの口からは言えない〉

電車のドアから無数の人が吐き出される。改札口を目指して、瑛子の横を通り過ぎていく。彼女は乗る予定の電車をやり過ごし、ホームで会話を続けた。

「人をわざわざ呼び出すのに、なんの用件かは秘密ってわけ？　長いつきあいのわりには、水臭い真似するのね」

〈おれも知らないんだよ。ただ兄貴から仲介を頼まれただけでね。あんたとしても、損になるような話じゃない。コネクションを広げたいだろう〉

「相手によるわ。事務所のほうは毎日拝んでるけれど、戸塚本人には会ったことがない。どんな男なの？」

甲斐の抑えた笑いが聞こえた。

〈会えばわかる。おれの口からわざわざ聞こうとしなくともな〉

「まずは、あなたからうかがいたいのよ」

〈頭のいい人さ。そうでなきゃ、三十代で若頭補佐《ホサ》になんかなれない〉

「それから？」

〈そうだな〉

甲斐は考えこむように間を置いた。

〈強《し》いて言えば、リチャード・ニクソンみたいな男だよ〉

「ニクソン？」

瑛子は思わず訊き返す。ここでアメリカの元大統領の名前が出てくるとは。上野で風俗業の元締めをやっている甲斐だが、学生時代は関西の国立大で政治学を専攻していたという。

「私は、あなたや英麗お姐さんと違って、勉強が嫌いなの。つまり、どういうこと？」

〈頭がよくて、野望のためなら手段を選ばない。ギラギラした野心的な人物ってことさ〉

「ヤクザはそんな人間ばかりよ。それに、ニクソンって言えば、不正をやらかして、途中で大統領を辞めなきゃならなくなった男でしょう？　それぐらいは知ってるわ」

甲斐は咳払いをした。

〈そいつは深読みしすぎだ。とにかく会えるのを楽しみに待っているよ。それと今月の情報《ネタ》

もな〉

そう言い残して、甲斐は電話を切った。

彼もまた、瑛子の協力者のひとりだ。情報を得る場合もあれば、やつに情報をくれてやるときもある。風俗店をいくつも経営していれば、いつガサ入れを喰らうかわからない。

次の電車を待つ間に、記憶のファイルを引っ張りだした。

三十九歳の若さで大組織のナンバー3にまで登りつめた戸塚譲治は、新時代の極道と目される千波組の金庫番だ。サルベージ屋や闇金融といった裏稼業を手がけると同時に、ネットビジネスにも早くから目をつけ、出会い系や動画配信サイトの運営会社に出資して、大きな収益を得ている。どこもシノギが厳しいと言われているヤクザ社会で、千波組の資金が潤沢であり続けるのは、戸塚のおかげとも噂されていた。

千波組の誰かが、自分に声をかけるだろうと予想はしていた。それが、戸塚のような経済ヤクザだとは思っていなかった。そんな彼を、甲斐は意味ありげに評した……。

ふいに川上の声が蘇《よみがえ》る。

――お前がやってるのは刑事の仕事じゃねえ。クズどもの使いっぱしりだ。

頭のなかで、かつての恩人の罵声が鳴り響く。だが瑛子は表情を変えることなく電車に乗った。

6

リングには強い光が降り注いでいた。

白い照明の下では、サラブレッドのように鍛え上げられたキックボクサーらが、前蹴りや肘《ひじ》打ちをさかんに放っている。選手らがアクションを起こすたびに、選手のセコンドや応援団が声を張り上げる。

前座の試合が始まったばかりで、後楽園ホールはまだ閑散としていた。ひな壇や並べられたパイプ椅子に、観客がまばらに腰かけている。応援団以外は、力のない目で試合を眺めていた。水商売風の女性が、退屈そうにケータイをいじっている。瑛子は周囲を見渡した。知った顔はなかった。

リングからはもっとも遠く離れたパイプ椅子の列。その隅に三人の男たちが座っている。ただでさえ客の数は少なかったが、その一角は、彼ら以外に誰もいなかった。

隅の席には、肩幅ががっちりとした中年男が座っていた。前頭部が禿げ上がっているが、残りの頭髪を丁寧に短く刈り、かえって精悍な印象を与えている。彫りの深い顔立ちとワークアウトで鍛え上げたような厚みのある身体。ワインレッドのシャツとイタリア製と思《おぼ》しきダークグレイのスーツを着こんでいる。

アクセサリーといえば腕時計ぐらいで、ヤクザであることをわざわざ主張するような下品な光りものは身につけていない。衣服こそは派手だが、隙のない着こなしと日ごろのフィットネスのおかげで、サクセスを摑んだ企業経営者に見える。

その側《そば》には若いボディガード——茶色く日焼けした岩のような身体。目つきはいかにも極道らしく、冷たく歪んだ光をたたえていたが、こちらも紺色のポロシャツにチノパンという格好だ。頭をクルーカットにしているために、外見だけは消防署員か、自衛隊員みたいに見える。腕に刺青《いれずみ》もなく、耳や顔にピアスもない。ボスである戸塚が、ヤクザ的なファッションは控えるよう命じているのだろう。

戸塚の前列には、濃紺のスーツにストライプの白シャツを着た甲斐が座っていた。戸塚とは対照的に、なで肩で薄い胸板の持ち主だ。蜘蛛のように手足が長く、長い脚を持て余したように投げ出している。甲斐もヤクザなファッションを好まない。メタルフレームのメガネのおかげで、仕事帰りにボクシング観戦しに訪れたビジネスマンに見えた。

リングの周囲でひときわ大きな歓声があがった。頭を金色に染めたボクサーが、パンチのラッシュを浴びてダウンしていた。「立て！」「まだやれるだろ！」。ホスト風のウルフカットやサイズの大きなジャージを着た若者らが、倒れたボクサーを叱咤する。他の観客のほうが、よほどアウトローに映る。

瑛子は壁の時計に目をやった。六時二十分。約束の時間より十分早かったが、それでも戸塚らは、もう長いことその場にいたかのように着席している。ヤクザほど時間にうるさい人種はいない。相手に心理的なプレッシャーを与えるために、最低でも三十分以上は早く着こうとする。

ゴングが打ち鳴らされ、リングアナが試合結果を告げる。それをよそに、戸塚らは座ったまま、ごく静かに瑛子を出迎えた。

瑛子は戸塚の隣に腰かけた。彼は、勝利にはしゃぐキックボクサーに拍手をしていた。

「座ったままで申し訳ない。お互い、目立ちたくはないだろうと思ったものだから」

「お気遣い感謝するわ」

「キックボクシングか。久しぶりに見た。たまになら悪くない」

「殴り合いは好みじゃなかったかしら」

戸塚はファイティングポーズを取った。

「とんでもない。高校のときは、ずっと空手をやっていた。九州の気の荒い炭鉱町で生まれたんでね。暴れ回らなきゃ、男じゃないという気風が残る土地だ。そこでゴロを巻いているうちに、腕を見こまれて総会屋のガードマンに雇われたのが、この世界に入ったきっかけだよ。昔はよくここで、わけのわからん弱小団体のプロレスや格闘技を見に来たもんだ。自分で興行をプロデュースしたこともある。もっとも、大した金にもならなければ、団体のほうも我々とつるむのを嫌がるようになった。それ以来、この手のスポーツとは疎遠になってしまった」

瑛子は横目で戸塚の手を見やった。手の甲にはタコができていて、拳のサイズはなかなか大きい。左の薬指には、小さなプラチナの指輪を嵌《は》めている。瑛子の視線に気づいたのか、戸塚は笑って手を振った。

「今はもうそんな力はない。もっぱら持ち歩くのはスマートフォンとiPadだ。武器《どうぐ》なんてものは、何年も触れてない。だからかな、久々にこの荒っぽい空気に圧倒されている」

会談の場所を後楽園ホールに指定したのは瑛子のほうだ。未知のアウトローを相手にする場合は、連中のテリトリーには足を踏み入れない。彼らは息をするように、他人を罠に嵌めるのを生業《なりわい》としている。なごやかに笑顔で人を招きいれながら、その弱みをどう握るかをつねに考えている。まずはパブリックな場に引きずり出す必要があった。

戸塚はひときわ油断ならない人物だ。完全にヤクザの臭いを消している。その世界に留まっていれば、嫌でもはぐれ者特有の獰猛《どうもう》な気配と、ハイエナのような顔つきになる。前列の甲斐にしても、伊達メガネをかけているが、レンズの奥にある荒《すさ》んだ瞳の光は消せないでいる。戸塚なら、保護者参観やＰＴＡの集会にも、違和感なく溶けこめそうだった。

　戸塚はボディガードに自分の財布を渡しながら瑛子に尋ねた。

「飲み物はなにを？」

「毎日あなたのアジトをじっと見てたらくたびれたわ。ビールをくださらない？」

「それは疲れるはずだ。人間、なんの意味もないことをさせられるのが、もっとも苦痛に感じると言うからな。同じものを頼む」

　戸塚の皮肉が受けたのか、前列にいる甲斐の肩が大きく動いた。瑛子は、ボディガードが売店に走っていくのを見届けてから切り出した。

「長居するわけにはいかないから率直に訊くわ。向谷香澄の件でしょう？」

　ちょうど次の試合が始まるところだった。けたたましいロックを鳴り響かせながら、まっ赤なトランクスの選手が入場してくる。戸塚は瑛子の耳に顔を近づけた。

「できれば、私の知っている店で話がしたかった。うまいフレンチをゆったりと味わえる。紙コップのビールじゃなく、ワイングラスでも傾けながらな」

「私はこっちのほうが落ちつける」

「あんたのことは、この甲斐からいろいろと聞いている。なにかと世話になっていると。そうだろう？」

「ずいぶん慎重ね」

「これでも充分に大冒険だ。初対面の刑事《デカ》を相手に、大切な話をしているのだから」

「私はなにも聞かされていない。九州出身のあなたが、空手でヤンチャしていたっていう、どうでもいい話をされただけで」

戸塚が微笑をふいに消す。前列の甲斐が振り返る。

「兄貴、心配いりません。この人は話がわかる」

「ちょっと黙っていろ」

戸塚は弟分に言い放つと、じっと瑛子を見つめた。その瞳には危ういきらめきがあり、戸塚の本性を物語っていた。

瑛子は、戸塚の鋭い視線を平然と受け止めた。ビール入りのカップを手にしたボディガードが、立ちすくんでいる。ゴングが打ち鳴らされた。観客の声援やセコンドの怒鳴り声が飛び交った。客の数は増え、歓声も熱を帯びる。それだけに瑛子たちの張りつめた空気が際立つ。

瑛子は戸塚に尋ねた。

「もしかして、帰ったほうがよかったかしら」

「なるほど。なんとなくだが、甲斐があんたを信用するのもわかる」

戸塚は根負けしたように息を吐いた。若者に手を振り、ビールをよこすよう促す。

恐れを知らなさそうなボディガードが、三人にビールを渡した。その手は震えている。ただ金勘定がうまいだけではなく、戸塚が鬼の怖さと迫力を持ち合わせている証拠だ。事前に聞いた甲斐の人物評も、ただの身内褒めではなさそうだった。その甲斐は肩から力を抜いて、安堵《あんど》の表情を見せる。

「睨んだだけで、なにかわかるの？」

「わかる。とくに刑事《デカ》はわかりやすい。後ろ暗いところがあれば、すぐに顔に出る。どういうわけか、警察官の嘘を見破るのは、ヤンチャ時代のころから得意なんだ。甘い餌で釣ろうとするやつや、くだらないハッタリをかますやつは、みんな顔に卑しさが出る。どんなに口でうまいことを言っても。あんたにはそれがない。多少、態度には問題があるが、そこは我慢しよう」

戸塚は紙コップを差し出した。コップを軽くぶつけて乾杯する。瑛子はなみなみと入ったビールを、喉を鳴らして飲み干した。大きく息をつきながら、手の甲で口を拭いた。

戸塚は目を丸くした。

「これは驚いた。いい飲みっぷりだ」

「他人の奢《おご》りで飲むビールが一番おいしいわ。とくにそれが暴力団《マルB》の金なら」

戸塚は、今度は好奇な目つきで瑛子を見やった。

「……それにしても、こんなにも別嬪《べっぴん》な女性だったとはな。そのうえ酒も強いときてる。さぞやモテることだろう」

「おかわりをくださらない？」

「ここのビールサーバーを、丸ごと買い取ろうか？」

戸塚は指を鳴らして、若者に再びビールを買いに行かせると、自分も負けじとビールをあおった。酒で勢いがついたのか、いくらか口調が早口になる。

「あんたの言うとおりだ」

「というと？」

「殺された組長《オヤジ》の娘の件さ。この時期で会いたいと言ったら、これ以外に考えられんだろう」

瑛子は小さくうなずいた。戸塚はビールを空けてから続ける。

「昨日の浅草橋で起きた殺しと、同一犯らしいじゃないか。犯人は、黒髪の若い女を狙う変態だと」

「耳が早いわね」

「殺られ《や》たのは組長《オヤジ》の大切なひとり娘だ。血はつながっていないとはいえ、おれたちもやはり組長《オヤジ》の子だ。つまり殺されたのは、おれの義妹ということになる。情報を全力で集めるのは当然だ」

「同一犯かどうかはわからない。捜査本部《ホンブ》が一本化されるって話もまだ聞いてないし」

戸塚は苦笑しながら首を力なく振った。

「政治家の答弁みたいな問答はやめよう。手口が同じで、狙われた女性の背格好もよく似ている。これが同一犯による犯行でなくてなんだっていうんだ。それともお嬢さんを殺った犯人は、すでに目星がついてるってことか？」

「あなたのほうこそ政治家みたいよ。以心伝心を期待しても無駄。捜査情報がほしいの？」

リング上では、血まみれのボクサーが乱打戦を繰り広げている。会場のボルテージはどんどん上がっている。隣の人間の声さえ、まともに聞こえない。

戸塚は口を手で覆った。

「捜査情報か……そんなまどろっこしいものはいらない。こちらが欲しいのはひとつだけ。犯人の名だ」

今度は瑛子が、戸塚の横顔を見つめた。戸塚は、リング上の血みどろファイトのほうを向く。瑛子が尋ねる。

「逮捕前に、ということね」

「むろんだ。早ければ早いほどありがたい。逮捕前と言っても、犯人のヤサを、警官《ポリ》と新聞記者《ブンヤ》が十重二十重《とえはたえ》に取り囲んでいるころじゃ遅い。豊田商事の会長やオウムの幹部のように、マスコミの前で派手派手しく殺ったのでは、犯罪史に名を残しても、組はいとも簡単に解散だ」

　戸塚は、新たに若者が買ってきたビールを口にした。喉を小さく鳴らす。慎重な飲み方に変わる。

　檻に放りこもうとする警察を出し抜き、あくまでも罪の裁きを自分たちの手で行いたい。戸塚は静かにそう宣言していた。

　またも瑛子はビールを一気に飲み干した。買ってきたばかりのボディガードに、空のカップを渡す。

「私は捜査本部《ホンブ》の人間じゃないわ。ただの所轄のマル暴にすぎない。ご期待に沿えるかはわからない」

　戸塚は膝を揺すった。

「それはどれだ」

「なんのこと？」

「事実を言ってるのか、それとも謙遜なのか。もしくは報酬を吊り上げるための駆け引きとして言っているのか。どれだ」

　瑛子は肩をすくめた。

「全部よ。事実だし、謙遜でもある。これだけ世間的に注目されている事件で、逮捕間近の犯人《ホシ》が、ぱっとこの世から姿を消したら、捜査本部《ホンブ》の首脳陣はみんな島流しにされるでしょうね。情報《ネタ》漏れに気づいた監察が、徹底的な内部調査を始めるでしょう。こちらとしても、小遣い銭なんかじゃ引き受けられない」

　戸塚はうなずいた。

「つまりけっして不可能ではない。そうだろ？」

「それを知ってるから声をかけたんでしょう？」

　前列の甲斐が振り向く。

「姐さんなら、どんな情報《ネタ》でも手に入る。公安の機密書類だって目じゃない」

「そんなわけない」

　瑛子は甲斐のパイプ椅子を足で小突いた。戸塚が右手の指を三本立てた。

「これで、引き受けてくれるか？」

「単位は百？」

　戸塚は心外だとばかりに、わざとらしく顔をしかめた。

「小遣い銭じゃやらないんだろう。八桁だ」

瑛子は口笛を吹いた。

目の前では、乱打戦を制した血みどろのボクサーが、コーナーによじのぼって雄たけびを上げている。顔中が腫れあがって、まるで胎児みたいな顔つきだ。全身を肘や膝で痛めつけあった彼らは、果たしてどれだけの報酬を得るのだろう。

戸塚は言った。

「こちらも本気だということを理解してもらいたい」

「ひとつ、教えて」

「なにを」

「なぜ、それほどまでして、犯人《ホシ》の名を知りたいの？」

戸塚は不思議そうな表情を浮かべた。今度は演じているような顔には見えない。

「組長《オヤジ》は高齢だ。ひとり娘を失ったショックで、今は毎日床に臥《ふ》せっている。子の役目として、ケジメをつけなければならない」

「そんな浪花節を聞きたくて質問したんじゃないの。そもそも組長とは、仲があまりよくないんじゃなかった？」

千波組内で、戸塚ほど強い経済力を持った幹部はいない。だが彼にもアキレス腱が存在する。実業のほうが忙しく、ヤクザ稼業を疎《おろそ》かにしたのか、重要な義理事に手下を代理人として派遣してばかりいる。組長である有嶋の不興を買っているという情報が、組対課にもたらされていた。

「とんでもない。稼ぎの多い人間は、いつだって誰からか妬《ねた》まれる。おれと組長《オヤジ》との仲を裂こうとするやつが流したガセネタだ」

戸塚は椅子の背もたれに身体を預け、甲斐のほうに目を走らせた。「人はおれを野心家だという。まるでシェイクスピアの悲劇に出てくる登場人物のように、手段を選ばない男だと。とくにそれを否定しようとは思わない。なんの縁故もない九州の田舎者が、手を汚さずに、今の地位につけるはずがないからな。今回にしても、うまくやり遂げれば、おれと組長《オヤジ》の関係はより強固なものとなる」

「本音が聞けてうれしいわ」

「それに、まんざら浪花節のほうも嘘じゃない」

戸塚は、リングサイドの観客席にいる家族連れを眺めた。凄惨《せいさん》な試合だったにもかかわらず、小学生ぐらいの男の子が愉《たの》しそうに手を叩いている。「二十五のときに、組長《オヤジ》から盃をもらった。おれを雇った総会屋の男がぽっくり死んで、仕えるべき主人を失ってブラブラしていたところを拾ってもらった。総会屋の男から、金儲けのノウハウは教えてもらったが、まだその知識を生かせるほどの軍資金もなければ、実績もなかった。組長《オヤジ》が見こんでくれたのも、おれの知識よりも、むしろ空手の腕のほうだった。盃をもらってからの何年かは、運転手兼ボディガードとして過ごした。組長《オヤジ》の家にずっと住みこみながら」

「それじゃ、被害者《ガイシャ》をよく知っていたわけね」

「知っていたもなにも、小学校までの送迎は、おれがやっていたんだ。遊び相手になったこともある。歳《とし》の差こそあったが、あの娘を本当の妹みたいに思っていた」

戸塚は甲斐を指差した。「こいつは一流大学を出てるから、お嬢さんの家庭教師として勉強をよく教えていた。そうだったよな？」

甲斐はうなずく。

「お嬢さんは、学校があまり好きじゃなかったんでね。元教師や塾講師だのが、家庭教師として何人も雇われたが、大親分の娘と知ると、どいつもこいつもたいして長続きはしなかった。誰かが辞めれば、そのたびにおれが代用教師役を命じられた」

戸塚は、遠い目をしながら再び家族連れのほうを向く。

「気の毒な娘だった。短い一生のうちのほとんどを、孤独に過ごしてきたんだ。ちゃんとした私立学校に入りたくても、父親が暴力団の親玉だと知られれば門前払いだ。かといって、地元の公立に通わせるには、あまりに名が知られすぎている。いくら教師が『差別してはいけません』と連呼したところで、ガキや保護者にそんな理屈は通じない。教室じゃ、透明人間みたいに扱われていた。誰からも声ひとつかけられない。だから通学もままならず、高校も一年留年してる。卒業できたのが奇跡みたいなもんだった」

「初耳ね。孤独どころか、だいぶ賑やかで華々しい交友関係を築いてたようだけど。大学じゃミスコンにも出て、準グランプリに輝いたくらいだし」

「反動というやつさ。少女時代の大半を、ひとりで過ごしてきたんだ。友情や恋愛には飢えきっていた。渇ききった喉をうるおすために、今度は水を大量にガブガブと胃に収めるようなもんだ。しかしそれでも組長《オヤジ》は喜んでいた。多少、友人や知人のなかに悪い虫が混じっていようと、孤独に生きるよりはずっとマシだとな。これまでなにかと骨を折ってきたんだ。肩身の狭い思いをさせちゃならないと、娘の苗字を母方に変えたり、高級マンションの部屋を買い与えたり。幸い、通っていた大学じゃ、父親の稼業は大して知られていなかった。内気で傷つきやすい性格さえ治れば、世界はあの娘のために用意されたようなものだ。あの娘の母親は、若くして亡くなったが、銀座の高級クラブでナンバー1だった。母親の美貌は、そっくりそのまま娘に受け継がれている」

「不躾《ぶしつけ》な質問だけど、あなたは手を出したことはない？」

戸塚は鼻で笑った。

「言っただろう、妹のように思っていたと。見とれたことは認めるが、かりに手なんかだそうものなら、組長《オヤジ》に男根を切り落とされて、東京湾にでも放り出されていただろう」

瑛子は、組長の有嶋章吾の顔を思い出した。豊かな白髪と顎を覆う白髭がトレードマーク。頬に長大な刀傷があり、戦国武将のような荒々しさと、荘厳な佇まいを持つ老人だ。上部団体である印旛会の広報部長を務め、関東ヤクザの顔役として、実話系雑誌にたびたび登場している。

戸塚は続けた。

「ショックで寝こんでいるとはいっても、組長《オヤジ》は関東にその人ありと謳《うた》われた大親分だ。近いうちに立ち直る。警察《サツ》だって、犯人をいずれ逮捕するだろう。しかしおれとしては、それじゃ納得できない。とくに犯人にはな。お嬢さんの腹を切り裂いた挙句、塀のなかでのうのうと麦メシに舌鼓を打っててもらっちゃ困るんだ。あの娘の人生は、まだこれからだったのだから。犯人にはこちらの流儀に従ってもらう」

戸塚は瑛子に向き直った。眉間にしわを寄せながら。拒否はさせない。そう顔に書いてある。そろそろ潮時だ。休憩時間に入ったのを機に、ぞろぞろと新たな観客が会場に入ってくる。

瑛子は若者から紙コップのビールを奪った。短時間に何度も買いに行かされて、さすがにむっとした表情だ。三杯目のビールを飲み干し、空のコップを彼に押しつけて立ち上がった。

「ごちそうさま」

「返事を訊かせてくれ。今ここで」

「あとで振込先を教えるわ。時が来たら、そこに金を入れて」

戸塚は微笑む。

「劉英麗の親戚がやっている地下銀行だろう。あんたと会えてよかった」

瑛子はその場から立ち去った。休憩中のために出入り口は混雑している。激しく行き交う観客のなかにまぎれた。

7

田辺寛《たなべひろし》はひな壇に腰かけながら、ホットドッグにかじりついた。こぼれ落ちそうなケチャップを舌で舐めとる。その目はずっと八神瑛子の姿を追っていた。

彼女は、パイプ椅子に腰かけていた男たちと、試合そっちのけで会話していた。その間、田辺はリングに視線を向けた。流血試合に昂奮するフリをしながら、意識を会場の隅にいる八神たちに集中させた。彼女が、暴力団の用意したビールを飲み干す姿も、しっかりチェックしている。

三杯のビールを空けた瑛子だが、顔色ひとつ変えることなく、男たちに別れを告げて出入り口へ向かった。

八神の隣で微笑を浮かべていた男は、彼女の姿が消えると、がらりと表情を変えた。剣呑《けんのん》な狼みたいな顔に変わる。それが本来の表情なのだろう。

外事一課の公安刑事である田辺には、男の正体はわからない。ただし、八神とつながりのある甲斐道明がへりくだっているところを見ると、千波組の大幹部であるのは容易に想像がついた。

田辺は試合場を出た八神の後を追った。彼女は女子トイレに入る。彼は先回りして会場を出る。

八神は注意深い女だ。出入り口が限定されたイベント会場なら、尾行の有無は確かめやすい。メインイベントを見ずに、前座試合だけで会場を後にする人間は少ないからだ。

エレベーターを降り、建物の出入り口から出たところで、携帯電話が震えだした。

周囲には、余ったチケットを抱えたダフ屋たちがうろついていたが、刑事の田辺にはなんの警戒も払っていない。なで肩で痩せた体型。茶色く染めた髪をボサボサに伸ばし、よれた灰色のパーカーと安物のジーンズ。貧しいフリーターのような格好だ。

田辺は、出入り口を見渡せる位置まで移動し、自動販売機の陰に身を隠して通話ボタンを押した。

「もしもし」

〈私だ。報告を聞いておきたい〉

上野署の署長である富永が早口で言った。昔から無駄口を好まない男ではあったが、電話だとその癖がなおさら顕著になる。

「八神《マルタイ》がちょうど動いているところです」

しばらく間が空く。ややあってから富永が訊く。

〈かけ直すか？〉

「問題ありません。あと数分は大丈夫です」

田辺は、女子トイレの混雑を思い出していた。観戦客の大半が男性だったとはいえ、休憩となれば列ができる。化粧を直すのであれ、用を足すのであれ、八神が外に出てくるまでには、まだ時間がかかるものと思われた。

〈賑やかなところにいるな〉

富永の声には疲れが混じっていた。浅草橋で殺人が起き、それが自分のテリトリーで起きた事件と同一犯によるものかもしれないという。騒ぎに騒がれ、所轄の長にとっては頭の痛い事態になっている。そのうえ、部下がどうにもタチの悪い行動を取っている。無理もなかった。

彼は施設の入り口を視界の隅にとらえたまま答えた。

「後楽園ホールの前です。キックボクシングの試合があり、八神《マルタイ》は、以前からつきあいのある暴力団員《マルB》と接触してました」

〈千波組の甲斐道明だな？〉

「それと、やつの兄貴分と思しき男もいました。肩幅ががっしりとした筋肉質の男です。禿頭と彫りの深い顔が特徴の。実業家を装ったような」

〈兄貴分……彫りの深い顔〉

富永はおうむ返しに言った。ぶつぶつと独り言のように呟いてから田辺に言う。

〈戸塚譲治だな。千波組のナンバー3だ。ハリウッド俳優のような濃い顔の二枚目。服装に凝る男らしいな。スーツであれ、カジュアルであれ、きっちりとした格好をしていたはずだ〉

「はい」

田辺は舌を巻いた。かつての上司の記憶力のよさは相変わらずだ。三年前、富永は警視庁の外事一課にいた。国際情勢に関する知識量は、古株の課員にも負けなかった。都下の要注意人物と目される外国人の人相や住処《すみか》、職業や家族構成にいたるまで、すべて頭に叩きこんでいた。

富永は言った。

〈それほどの大物がわざわざ出張って、一介の刑事と密談か。これはどう判断するべきだろう。たまたまキックボクシングを愛好する人間同士の集まりと思うべきか。甲斐や戸塚にとっても、のんきにスポーツ観戦などしている場合ではないだろうに〉

彼の声が急に弾みだした。自分の部下が、暴力団の大物と密談を交わす、由々しき事態。場合によっては富永自身にも累が及ぶのに。

田辺が補足する。

「セミファイナルすら見ずに会場を後にしています。戸塚と思しき男は、ときおり険しい表情で、八神《マルタイ》を睨みつけてます。二人が会うのは初めてのように見えました」

〈なんの話をしていたと思う？〉

「会話内容までは把握してません」

〈推測でかまわない〉

元上司は、合理性を重んじるわりに、つまらない茶番を好む。わかりきったことをいちいち尋ねる。自分以外の人間を、総じて見下しているような印象を与えるため、彼を苦手とする人物はたくさんいる。

それでも田辺が、かつての上司の頼みを聞き入れているのは、警察官僚として優秀だからだ。誰よりも勉強熱心で、職責に忠実だ。この男についていけば、おそらく食いっぱぐれはない。そんな打算もあり、この男の前に立ちはだかる障害物は、なるべく取り除いてやりたかった。

富永は、大学時代の先輩である外事一課長に連絡している。田辺を借りたいと。課長はすぐに承認してくれた。

田辺は答えた。

「殺しの捜査情報を、暴力団《マルB》に流すつもりでいるのかもしれません。見返りに八神《マルタイ》がなにを得るのか、わかりませんが。現金《ゲンナマ》か、それとも手柄になるような情報《ネタ》か、もしくはなにか暴力団《マルB》に脅されているのか。いずれにしろ問題なのは、八神《マルタイ》が、その捜査情報を得られるだけの力とコネを持っているということです」

〈そうだ。しかも彼女は悪知恵が働く。証拠をうかうか残すような真似もしない〉

八神の調査を始めて、五日が経とうとしている。彼女もまた富永と同じく、仕事にとりつかれた女だった。

ただし警官としてはまともではない。黒社会の便利屋と化している。千波組だけでなく、福建マフィアの劉英麗ともつながっている。

　劉英麗から依頼されたのか、八神は誰かを探していた。二日前にはお台場にまで足を延ばし、単身で管理売春のアジトを急襲している。八神に痛めつけられたのか、ベソを掻きながら裸足で逃げる男の姿を、田辺は目撃していた。

　夫を自殺で亡くし、自分の子を流産したのをきっかけに、八神は変わったのだという。堕落願望にとりつかれたのか、それとも警察に恨みを抱いているのか。わかっているのは、手を汚すのをためらわない悪徳刑事だということだ。

　得た情報すべてを警務部にリークする方法もある。しかしそうなれば、上司である富永の経歴にも傷がつく。彼女の行動を摑んで外堀を埋め、彼女を静かに警察社会から追放する。今までもそうして何人かの警官や役人を葬っている。金回りのいい宗教団体に出入りしては小遣い稼ぎをする公安刑事。女スパイをうっかり抱いて、他国の大使館員に情報を漏らしていた外務省職員。みんな、富永の障害となる部下やライバルたちだった。

　施設の出口から八神が姿を現す。

　彼女は背筋を伸ばしてきびきびと歩く。田辺がこれまで相手にしてきた連中とは、いささかタイプが異なる。自分が不正を働いているとなれば、どうしても後ろめたさが姿勢や顔に表れる。八神にはそれがなかった。

かった。

「調査を続けます」

田辺は電話を切ると、充分に距離を取ってから、自動販売機の陰から出た。あたりはやはりダフ屋やカップルが大勢うろついている。しかし彼に注意を払う者はいなかった。

8

総武線の新小岩駅を降りたところで電話が鳴った。

液晶画面を見る。劉英麗からだった。

〈ハロー。お仕事進んでる？〉

英麗はリラックスした調子で訊いた。ウイスキーでも飲んでいるのか、氷がグラスにぶつかる音がした。

「まだめぼしい成果はあげてないわ」

〈そりゃそうでしょ。昨日会ったばかりなんだし。ちょっと、おもしろい話を耳にしたもんだから電話したの。あの殺人事件のことなんだけど〉

「みんな、あの事件に夢中ね」

〈当然よ。上野は私のホームグラウンドで、次に殺されたのは我が愛しき同胞。店の女の子だって怖がってるわ。とくに長い黒髪の娘は、今すぐ美容院に駆けこもうかって、わりと真剣に考えこんでる〉

「殺されたのは林娜って娘だけど。知ってる？」

〈中国人の若い娘を、なんでも私が把握してると思ったら、大間違いよ。よく知らない。一ヶ月前に、馬岳に売り払われた女だってことぐらいしか〉

瑛子は携帯電話を握りなおした。

「本当なの？」

〈よく知らないのは本当。貴州省の山奥から出て来た娘だってことぐらいしかね。馬岳がどこかから彼女を仕入れて、今の店に売り飛ばしたみたい。勤務先は新橋のエステだったわけだけど、エステってのは名ばかりで、要するに売春窟よ。あけすけに性的サービスを売りにしていたから、けっこう繁盛していたようだけど、今回みたいな派手な殺しがあったからには、もう続けるのは無理でしょうね。店長やオーナーは、従業員を残してトンズラしたみたいよ〉

商店街のなかを進む。夜中で人通りは少ないが、酔っ払いや学生の集団とすれ違う。会話を聞き取られたくなくて、瑛子は中国語に切り替えた。

「そのころから馬岳は、トラブルを山ほど抱えていたはずなのに、都内で堂々と商売に励んでいたのね」

〈そう。むかつくことに〉

「つまり、もっと気合を入れて馬岳を追いつめろという、叱咤激励のお電話でもあるわけね」

〈あらやだ。そんなふうにとられるなんて心外だわ。あなたには、職場でもっと大きな顔をしていてほしいのよ。情報を制した人間はつねに怖れられるし、大事にされる。ちょっとばかり悪党とつるんでいるからって、ご清潔な優等生からキャンキャンわめかれないだけの足場を、しっかり築き上げてほしいのよ。これは私の哲学でもあるわ。キレイ好きな人間だけじゃ、世界はきちんと動かないってことを知ってもらうためにも〉

「それはありがたいけど」

〈馬岳のバカもだけど、その若い女を狙うウジ虫野郎もさっさと捕まえてほしいの。長い黒髪の娘を、好む客が多いのよ。清楚な感じがするからって。こんな事件なんかで、ヘアスタイルを変えてもらいたくはないし、なにより女の子が萎縮しちゃって……これじゃ商売にひびくわ。お互いに住みよい街にしていきましょうってことよ。治安を守っているのは自分たちだけって顔しないで〉

「ベストを尽くすわ」

〈吉報を待ってる〉

瑛子は携帯電話をしまって飲食街へと入った。

午後九時の書き入れ時とあって、焼き鳥屋の煙が派手に路上を白く包む。スナックの扉越しにカラオケの音が漏れてくる。ネオンがまたたく雑居ビルの下で、タクシーに乗る客を見送る夜の女たちが歓声をあげている。

韓国焼肉店の『昌徳宮《チャンドクン》』は、飲食街のどまん中に位置している。世界遺産の宮殿の名を拝借しているが、煙と油ですすけた大衆的な感じの店だ。スライド式のガラスドアには、韓流ドラマの俳優や女優のポスターが大量に貼ってある。ニンニクと肉が焦げる匂いが鼻をくすぐる。

瑛子はドアを開けた。

「いらっしゃいませ！　何名様ですか！」

黒のキャップをかぶった男性店員が、カタコトの日本語で元気よく出迎えた。兵役についた経験があるのか、やけに胸板が厚い。肉体を誇示するかのように、ぴったりとしたTシャツを着ている。胸には小さなネームプレートをつけていた。

店は繁盛していた。小あがりの座敷とテーブル席があり、そのほとんどが埋まっている。

会社帰りの日本人OLもいるが、客の大半は韓国人だ。普段着のような格好で、真っ赤なチャンジャや炒め物をつまみながら、韓国語で会話を愉しんでいる。店の隅に設置された薄型テレビは、韓国の男性アイドルグループのPVを映している。

店内を眺めている瑛子に、男性店員は距離をつめて尋ねた。

「あの……何名」

瑛子は、ジェスチャーもせずに早口で告げた。

「インターネットのグルメサイトを見て来たんですけど、クーポン券はまだ有効ですか？　それとここはクレジットカードは使えます？　アメックスだけど」

「あ、少しお待ちください」

店員は聞き返すこともなく、厨房のほうへと声をかけた。

「綾乃さん！」

店の奥から女性店員が現れた。白のYシャツに黒のエプロン姿。男性店員と同様に、黒のキャップをかぶっている。

顔はほとんどすっぴんだが、馬岳が唾をつけるだけあって、大きな瞳が特徴的なきれいな娘だった。手足やウエストは、小突けば折れそうなくらいに頼りないが、胸は大きく隆起している。その胸のプレートには、『ワガツマ』と記されてあった。

綾乃が駆け足で飛んでくる。

「どうかしましたか？」

「いえ、ごめんなさい。ちょっと用事を思い出したわ」

瑛子はにっこり微笑みながら答えた。

「はあ……」

確認は果たした。バストは立派だが、身長は低く、華奢《きゃしゃ》な体型の娘。それは同じく馬岳が扱った林娜とどこか似ていた。

拍子抜けな顔の彼女を置き去りにして、瑛子は踵を返して店を出た。

店の前の通りには、大きなセダンが我が物顔で何台も違法駐車をしている。

そこで里美の車を探した。瑛子に呼び出された彼女が、近くで待っているはずだった。

高級車が並ぶなか、その間にちんまりと白のミニヴァンが停まっている。助手席のドアを開け、瑛子は自分の車であるかのように、無造作に乗りこんだ。

「あ、どもっす」

運転席には落合里美《おちあいさとみ》が窮屈そうに腰かけている。

瑛子が来るまでの間、暇つぶしに読んでいたのだろう。弁当箱みたいに分厚いレディースコミックを抱えている。秋も深まってきているのに、里美は黒いTシャツの袖をまくり、ピンク色に染まった二の腕を露にしていた。それは贈答用のハムみたいに太く、太腿《ふともも》も少年の胴体ほどはあった。

「急に呼び出して悪かったわ」

「全然構わないっす。暇だったし」

里美は、茶色に染めたショートヘアの頭を掻きながら、ぼそぼそと答えた。

「鍛えてる?」

瑛子は肘を曲げて、ダンベルを持ち上げるフリをした。里美は厚ぼったい瞼《まぶた》で、何度も瞬きしながら言った。

「ボチボチです。でもまあ、相変わらずっすから」

里美とは、三年前の荻窪署時代に知り合った。瑛子が彼女を署に連行したのだ。彼女は西荻の狭苦しい飲食街の道端で、大学生の応援団員を相手に、大立ち回りを繰り広げていた。

女子プロレスの団体から解雇通知をもらった彼女は、その日の夜に焼き鳥屋で四合ビンの焼酎二本と八十本の焼き鳥を胃に収めた。その食べっぷりのよさをからかった詰襟の男たちを、屋根に衝突する勢いで放り投げ、髭面やリーゼント頭に鉄拳を喰らわせた。

止めに入った制服警官も、奥歯がぐらつくような平手打ちをもらっていたが、当直だった瑛子の独断で、それらをすべてなかったことにした。酒が抜けた彼女は、自分が仕出かした行為に慄《おのの》き、留置場で身体を小さくしていた。ド派手な乱闘だったが、しょせん犬も食わない酔っ払いのケンカだ。叩きのめされた応援団にしても、たったひとりの女にぶちのめされた事実が広まるのを怖れていた。

里美は後部座席に手を伸ばした。菓子がたくさん入ったレジ袋があった。缶入りのポテトチップスをつかんだ。

「あの、食いますか？」

「ありがとう」

瑛子は一枚つまんだ。里美は半ダースほど手にとって、屋根瓦のように厚みを増したそれを、バリバリと噛み砕いた。

その豪快な食べっぷりを見るたびに、あの乱闘騒ぎをもみ消したのは、まちがいだったのではないかと思う。多少、くさいメシを食うことになったかもしれないが、男子応援団をひとりでぶちのめしたというニュースが世間に知られれば、マット界は放ってはおかなかっただろう。

しかし今日にいたるまで、リングに上がる機会にもめぐまれず、実家の酒屋を淡々と手伝いながら、瑛子の仕事を引き受けている。

瑛子はチップスをかじりながら言った。

「今回のギャラなんだけど」

「はい」

「いつもより高め。基本は一日三万で変わらないけど、うまくカタがついたらボーナスとして五十万出すわ。それでつきあってくれる？」

里美は咀嚼《そしゃく》を続ける。

「かなり危ないってことっすか？」

「そう」

「そうすか」

里美は表情を変えることなく、チップスを口に放った。膝にぼろぼろとスナックの欠片《かけら》が落ちる。それ以上はとくに尋ねようともせずに、ぼんやりとネオン街を眺めている。

里美とは連行して以来のつきあいになるが、未だに彼女の性格をはっきりと掴みきれていない。一介の警官が数十万もの金をポンと渡すことが、まっとうな行為ではないとわかっているはずだが、里美は詮索ひとつせずに黙って受け取ってくれる。リングに戻れない憂さを晴らせるからか、それとも瑛子に義理立てしているのか、与える裏仕事を進んで引き受けてくれた。

瑛子はバッグからクリアファイルを取り出した。それを里美に渡す。なかには写真の束が入っている。

写真を見やった里美は呟いた。

「イケメンっすね」

「そう？」

瑛子は横目で写真を一瞥した。

英麗がどこかから手に入れた馬岳の写真だ。なかには女と一緒に撮ったプリクラを、引き伸ばしたものもある。子供みたいな笑顔を見せる細面の男だ。

髪を金色に染めていた時期もあれば、丸刈りにしていた時期もある。ただずっと左耳にダイヤのピアスを光らせている。

撮影時期は異なり、ファッションや髪型は変わっていても、やつの体型自体はまったく変化がなかった。長距離ランナーのように細く引き締まっている。節制と鍛錬を自分に課している証拠だ。

「おっ」

里美が声を漏らす。画素数の少ない写真。ケータイで自分撮りをした馬岳が全裸姿で、ナルシスティックな上目遣いで写っていた。白いシーツのベッドの上で笑顔を浮かべながら、若い女の肩を抱いている。

「こいつ、やな野郎っすね。そばにいる女がみんな違う」

「それでメシを食ってるやつよ」

「でも、根性入れて鍛えてる。こいつ、ボクサーかなにかですか？」

「中国人。拳法だかを使うらしいわ」

里美は興味を示したのか、目を丸くした。

「功夫《カンフー》っすか。ブルース・リーとかドニー・イェンみたいに、飛び蹴りでもしてくるんですかね」

「さあ」

「楽しみです」

瑛子が里美を重用するのは、鈍そうに思えるほどのタフな度胸と、プロレス道場で植えつけられた忍耐心があるからだ。ただ暴れるだけでなく、何時間でも獲物をじっと狙い続けられるだけの周到さも持っている。ペラペラと喋らないところが、なにより気に入っていた。

焼肉店が終わる午前零時まで、二人は狭いミニヴァンのなかでじっと待った。里美はレジ袋の菓子をつまみつつ、レディースコミックをぼんやりと読みながら時間をやりすごした。

瑛子は、百メートルほど離れた焼肉店の玄関を見張り続けた。

閉店時間を迎えると、男性店員や綾乃が看板やノボリを店内に取りこんだ。焼肉店の灯《あか》りが消えてから、その約三十分後に六人の店員たちが玄関の戸締りをして、ぞろぞろと外へと出て来た。労働時につけていた黒キャップはなく、誰もがカラフルでカジュアルな格好だった。

服装が違っているとはいえ、綾乃の姿をすぐに捉《とら》えた。深夜の冷気を意識したのか、彼女はピンクのカーディガンを羽織っている。

男性店員たちは、仕事後の一杯をやっていくのだろう、そろって晴れ晴れした顔で、飲食街の中心地へと歩いていく。酒屋の配達車に乗った瑛子らに気を留めることなく、車の横をすれ違った。

綾乃はもうひとりの女店員とともに反対方向へ進んだ。その先は平和橋通りの大きな道がある。彼女たちの歩みは遅く、立ち仕事にくたびれたのか、綾乃はときおり腰を折って、自分のふくらはぎを指で揉んだ。

綾乃らの姿が遠ざかる。二人が平和橋通りに出たところで、里美はエンジンキーを回した。里美は尾行のやり方を心得ている。とくにあれこれと指示を出す必要はない。

里美は静かにアクセルを踏んだ。綾乃と女店員が、平和橋通りを左に曲がる。彼女らの姿が完全に消えたところで、里美はスピードをあげて距離をつめた。

平和橋通りとのT字路にさしかかったところで、瑛子は綾乃らが進んだ方角を見た。彼女らはタクシーを止め、それに乗りこもうとしていた。

瑛子らの配達車はT字路で待ち、タクシーが発車してから、再び動いた。タクシーとは、二台分の距離を開けて後ろにつく。

車による尾行はものの数分で終わった。タクシーは平井大橋を渡り、荒川の側にある小松川公園で止まった。距離にして三キロ程度の道程だ。

荒川の対岸には、競艇場の巨大な施設が見える。公園の緑豊かな風景が広がっているが、首都高7号線や国道14号線が近くを走っているために、トラックのエンジン音や車の走行音が途切れなく響き渡る。

降りたのは綾乃だけだった。彼女をひとり残して、タクシーは走り去る。他の女店員との乗り合わせで、タクシーを利用したらしい。綾乃は川沿いの小さなマンションに入った。玄関ホールで姿を消す。しばらくしてから二階の一室に灯りがともる。

瑛子は配達車を降りた。綾乃の住むアパートの玄関ホールに入る。オートロック式ではない古い建物だ。置かれた郵便箱には、チラシが乱雑につめこまれていた。床にも、ピザ店の広告や風俗関係のビラが散らばっている。

２０３号室の郵便箱のプレートに「我妻」と記されてあった。瑛子は確認すると車に戻る。なかには乗らなかった。運転席の窓越しに、彼女の部屋番号を里美に伝える。

「動きがあったら、電話ちょうだい。私は一度、引き上げるわ」

「わかりました」

「それと、絶対にひとりで動かないでね。たとえ、あの女たらしが、ここにのこのこやって来たとしても」

彼女はうなずいた。瑛子の指示を軽んじたりもしなければ、臆病に駆られてとち狂ったりもしない。里美に見張りをさせて、瑛子はその場を離れた。二十四時間以上、ずっと眠らずに動き続けている。そろそろ限界だった。

止まるな――瑛子にだけ聞こえる声。それが不平を漏らした。止まるな。

「ごめんなさい」

瑛子は、国道14号線まで歩きながら、声の主に向かってささやいた。

どんなに肉体が疲れていても、精神が安らぐことを許さない。自然な眠気とは、もう何年も無縁だった。意識して自分に歯止めをかけ、睡眠薬を呑んでベッドに潜りこまなければ、身体が壊れるまで動き続けてしまう。

糸のような細いロープの上で危険な綱渡りをしている。自分の状況を理解していた。睡眠と休息を取らないかぎり、このロープを渡り切れはしない。

瑛子は国道に出る。唇を嚙み締めながら、通りがかったタクシーに手をあげた。

9

「わかった。引き続き頼む。朝になったら交代要員を送る」

富永は自分の髪をタオルで拭きながら伝えた。肩と頰で携帯電話を挟んでいる。電話相手は元部下の田辺だ。タフで知られる彼も、報告するその声はくたびれていた。

ソファに腰かけると、身体が溶けてしまいそうな疲労に襲われた。連続殺人で事件がマスコミによって大きく騒がれると、区会議員や教育委員が文句を言いに署長室を訪れた。膨大な書類仕事と彼らとの面会で、思いのほか時間が取られ、夜遅くまでの勤務が毎日続いている。日課のジョギングも、半分の距離で引き上げ、自宅の風呂に浸かったところだった。

ジョギングと熱い風呂で火照《ほて》っていたが、田辺からの報告を聞いて、すっと身体が冷えていくのを感じた。

彼に八神瑛子の監視をさせて五日が経つ。悪党の巣に赴き、連中と密談する様は想定したとおりだった。だが短い仮眠を取るだけで、ほぼ二十四時間働き続ける瑛子に慄然《りつぜん》とした。

警官が悪徳に染まる理由は、たいていはチンケなものだ。家のローンが苦しい。賭博にはまった。酒や女に溺《おぼ》れた。もっと検挙率をあげたかった。

かつてよその県警で、大量に拳銃の押収に成功した刑事がいた。薬物と拳銃のプロとして、現場の警官からは崇められ、上層部もおいそれと意見できないほどの力を持った。上から押しつけられたノルマをこなすために、上司はその刑事に頭を下げた。そのたびにやつは、どこかのコインロッカーから、所有者不明の拳銃や覚せい剤を見つけ出した。

その刑事は、黒社会側にとって利用価値の高いおもちゃだった。やつから捜査情報を得て、その見返りとして拳銃と薬物を提供していた。薬物押収の実績をあげさせるために、わざわざ他国から仕入れたときさえあったという。遺跡に石器を自分で埋め、それを発掘しては手柄に変えるインチキ学者のような有様だ。

暴力団から小遣いを受け取っていた刑事は、派手なスポーツカーを乗り回し、非番となれば愛人と高級な温泉宿に繰り出した。県警の歴史に残るほどの大きな汚点となったが、原因はといえば、肥大化していく周囲の期待と、功名心に焦った小心者の刑事による、どこにでも起きうるつまらない不正だった。

それに比べると、八神の行動は異様だった。二十四時間、止まることを知らずに動き回っている。

――薬物を使っているんじゃないのか？

さきほどの電話で、富永は思わず田辺に訊いた。

――なんとも言えません。常用者を思わせるような行動も、今のところ見られませんし。

富永はうめいた。現役刑事が薬物を使用していたとなれば、上司である富永自身の首まで持っていかれるだろう。だがマシーンのように無表情で、いつも冷静な態度を崩さないあの女が、ドラッグに汚染されているとは思えない。

ただし、これだけは言える。休み知らずに街を彷徨《ほうこう》する八神のなかに渦巻くのは、ケチな功名心や腐敗ではなく、組織そのものを揺るがしかねない狂気だ。

彼女は、警察組織の内部にも強力なコネクションを築いている。だが、単に殺人事件の捜査情報を、黒社会側に漏らすだけなら、睡眠や休息時間を削ってまで働く必要はないはずだ。まるで自分の身体を壊すかのような行動が、富永には理解できなかった。

富永は冷蔵庫から缶ビールを取り出した。プルトップに指をかけたが、フタを開けられずにいる。寝る前にビール一本分の飲酒を自分に許していたが、今日はそんな気にはなれない。富永は酒が強くない。飲んで思考能力を落とすのが嫌だった。

冷蔵庫にビールを戻しながら、富永は妻の言葉を思い出した。

――一緒にいるだけでへとへとに疲れるの。私まで節制を促されてるみたい。

上野署と目と鼻の先にある浅草通り沿いのマンション。官舎扱いとなった1LDKの部屋に、富永はひとりで住んでいる。ただ寝に帰ってくるようなもので、余計なものはなにも置いていない。

フローリングの部屋には、テレビと安物のソファ、中国製のPCを載せたテーブルぐらいしかない。ポスターや装飾品、家族の写真もなかった。

妻と子を京都に置いてきていた。年に何度か顔を合わせるだけで、家族とは別居状態にある。妻とは京都府警時代に、お見合いパーティをきっかけに知り合った。関西にある大手電機メーカーの幹部の娘で、彼女の積極的なアタックにほだされて結婚した。

ただしその彼女の熱情は、五年もしないうちに消えうせた。

――無理にこっちを見なくていいわよ。義務で愛するフリをされてもつらいから。もうお互い、自由に過ごしましょうよ。

妻は、今は息子の教育に熱を注いでいる――父親がなりそこなった本物の紳士にするために。

充電中の携帯電話が震えだした。捜査一課の沢木管理官からだ。

富永は電話に出ながら思う。やはりビールを飲まなくて正解だった。

「富永です」

〈沢木です。夜分、申し訳ありません。お電話、大丈夫ですか〉

沢木の声もくたびれていた。叩き上げのベテランで、途方もない数の現場に立ち会った殺人事件の専門家だ。階級は富永のほうが上だが、その職人ぶりに敬意を払って、敬語を使っている。

だが、物証の少ない今回の事件には、彼も手を焼いている。富永は直感した。捜査が好ましい方向に進んだのではない。

「なにかあったんですね」

〈いずれ正式な連絡が入ると思いますが、上野と蔵前の両捜査本部が一本化されることが、たった今決定しました。翌朝には、本庁の会議室に合同捜査本部が立ち上がる予定です。その本部長には、能代刑事部長が就く予定です。富永署長は副本部長として――〉

「ということは」

富永は沢木の言葉をさえぎった。理論家の沢木は、ともすれば話が回りくどくなる。

「二つの殺しは、同一犯による通り魔的な犯行。そう判断するだけの材料が集まったということですか？」

沢木はしばらく間を空けてから言った。

〈封筒が送られてきました。ジャパンテレビの報道局のプロデューサー宛にです〉

「封筒……」

〈差出人は不明です。そのプロデューサーが、夜になってから開封しました〉

「中身は？」

〈手紙が一枚と、血痕がついたコピー用紙が一枚。それと何本かの毛髪です。DNA検査の結果はまだ出ていませんが、血液と毛髪の血液型はAB型と判明しました〉

「AB型。殺された向谷香澄の血液型と同じですね」

〈そのとおりです。鑑識によれば、コピー用紙で凶器の刃物を拭いたのではないかとのことです〉

「どうして、そんな真似を。つまりこれは……犯人《ホシ》本人からの犯行声明文ということですか」

〈悪戯《いたずら》である可能性もまだ考えられます。現段階で、上野署の捜査本部に寄せられた悪戯電話や迷惑メールだけでも、数百件にはなりますから〉

「だが、これは悪戯などではない。捜査一課はそう判断したわけですね？」

〈捜査本部《ホンブ》の一本化は早すぎるとの声もあります。しかし、この血痕つきのコピー用紙には、もうひとつの特徴がありました。凶器の刃を包むようにして拭いてあったんです。そのため紙には、血痕だけではなく、刃の型もくっきりと残っていました。刃渡り約十五センチの片刃のナイフ。これも刺された向谷の傷とよく似ています。ちなみに凶器の詳しい特徴までは公表していません〉

富永は目頭を指で揉んだ。目の前が急に霞んで見えた。

「手紙にはなんと書いてあったんです？」

〈書かれていたのは二つの単語だけです。カタカナで『メスブタ』『ヒャクニンギリ』と。赤のボールペンを使って、筆跡を知られないために、定規をあてて書かれたものと思われます〉

「まいりましたね。マスコミが涎《よだれ》をたらして喜びそうな内容だ」

富永は深々とため息をついた。上に立つものの責務として、簡単に気弱な動作を見せるわけにはいかない。そう心に決めている。だが思わず本心が言葉に表れた。富永は掌で顔をぬぐう。シャワーを浴びたばかりだというのに、じっとりと汗で濡れている。

沢木が言った。

〈翌朝にも能代刑事部長が、記者会見を行う予定です。すでに手紙の存在は、記者たちにも知れ渡ってますので〉

「大変な事態になったが、前向きにとらえましょう。これでまた犯人《ホシ》の輪郭がはっきりしたことになる」

じわじわと腹のなかが熱くなる。姿のわからない犯人に対する怒りが、頭を締めつける。できれば、今すぐにその手紙に目を通したかった。しかし沢木からの報告を聞いただけでも、殺人鬼の邪悪な意図が伝わってくる。この大胆不敵な挑戦状が、本当に犯人から送られてきたものかどうかは、富永自身には判断できない。だが、か弱い二人の女性が立て続けに殺害されたのは事実だ。

富永は語気を強めた。

「お互いに忙しくなりそうですが、身体にはどうか気をつけて」

〈今が踏ん張りどころでしょう。これから蔵前の班と打ち合わせに入ります。署長こそ、身体にはくれぐれもお気をつけて〉

富永は電話を切った。身体にのしかかるような疲れや穏やかな眠気は吹き飛んでいた。

捜査情報をもっと詳しく知りたかった。自分も捜査本部の一員ではある。だが、おいそれと顔を突っこめる立場ではない。

富永はカバンにしまっていた書類の束を取り出した。まだ未処理の分がたんまりと残っている。出勤前に済ませるつもりでいた。なにかをしていなければ、気が収まらなかった。

本庁からの連絡を待ちながら、富永は書類に判を押し続けた。

10

しばらく寝室でまどろんだ。

うとうととしていると、また濁流が目の前に広がり、ガスで膨らんだ巨大な腕が瑛子をつかみ、その黒い流れへと引きずりこんで溺れさせた。

目を覚ますと、空はまだ暗いままだった。窓のカーテンを閉めていなかったが、あたりの高層マンションの灯りはほとんど消えている。航空障害灯の赤いランプが星のように小さく光っている。

時計の針は三時半を指し示している。一時過ぎに自宅へ戻って眠ったが、夢が長時間の睡眠を許してくれない。二時間も横たわれば、自然と起きてしまう。大きな川のなかに放りこまれたにもかかわらず、喉はカラカラに渇いていた。

瑛子は、ナイトテーブルに置いていたタブレット型コンピューターを手に取った。起動させると、メールが届いていると教えてくれた。

メールの文面はそっけなかった。千波組の甲斐からで、もし起きているのなら電話をくれと、四十分前に送付してきていた。

携帯電話をつかんで、甲斐に電話をした。深夜だが、ナイトビジネスを手がける彼にとっては、通常の活動時間だ。間を置かず、ワンコールでつながった。

〈夜分、すまないな。姐さんなら起きていると思っていた〉

「なに？」

〈おもしろい話を耳にしたんだ〉

デリヘルの事務所にでもいるのか、若い女性の声が混じって聞こえた。睡眠で鈍っていた頭が、徐々に回転を取り戻す。

「殺しの件？」

〈ああ。ネットにつながるところにいるか？〉

「問題ないわ」

〈おれの部下に、裏のDVD販売をシノギにしているやつがいるんだ。まあ、そいつのことを詳しくは教えられねえが、かりに名前をAとしておこう。そのAだが、こいつがまたどうしようもないほどスケベな男でな。趣味と実益を兼ねて、熱心に裏動画を方々から集めては、一日中、栗の花の臭いがする部屋に閉じこもって、それをDVDに焼いて売りさばいてる〉

「なにを見せようっていうの？」

瑛子は尋ねた。甲斐がネット環境にこだわるということは、瑛子に大容量の動画でも見せたがっているのだろう。

〈そのポルノマニアのA君が、似てるっていうのさ。殺された中国人のエステ嬢に〉

瑛子は間髪入れずに言った。

「見せて」

〈またメールを送った。リンク先をたどるといい。パスワードも書いてある〉

瑛子は、ディスプレイを指でなぞった。甲斐からのメールには、ウェブのアドレスとパスワードが貼りつけてあった。クリックすると、パスワードを求められる。それを入力すると、動画再生ソフトが起動し始めた。真っ暗な画面が表れる。

手持ちカメラで撮影したと思しき映像が始まった。画面は鮮明で、手振れも少ない。

どこかのスタジオのような広めの部屋が映し出される。フローリングの床のまん中に、キングサイズのベッドが置いてある。カメラは部屋の窓をもとらえていたが、カーテンが閉められていて、外の風景はわからない。

画面を見つめながら、電話先の甲斐に訊いた。

「あなたは見たの？」

〈ああ〉

「感想をうかがいたいわ」

撮影自体はプロらしさを感じたが、編集がまだ充分になされていないのか、なかなか先に展開しようとしない。カメラは誰もいないベッドを長々と撮っている。

〈そんなのを聞いてどうする〉

「もちろん参考にするのよ。あなた、女の顔を見極めるプロでしょう？」

〈馬鹿を言わないでくれ。多くの女を相手にすればするほど、女ってのがよくわからなくなる。舞台裏で働いていればなおさらだ〉

「謙遜はいいわ。それでどうなの？」

〈おれもA君と同意見だ。よく似てる〉

画面にようやく動きがあった。ベッドの前に、ひとりの若い女が現れる。それをカメラが遠くから映している。顔のつくりまではわからない。

女はピンク色の看護服を身につけていた。風俗店で使われそうな、安っぽい作りのもので、太腿が露になるほどスカートが短い。長い黒髪と狭い肩幅。顔の小さく、たおやかな感じ。珍妙な衣装を着せられて恥ずかしいのか、顔を赤らめ、手足をもじもじとさせている。

カメラマンが、ゆっくりと女に歩み寄る。動画を見ている人間をじらすように、撮影対象を下半身へと移す。つま先やふくらはぎを捉える。

もどかしくなった瑛子は、数分先へと早送りした。画面が暗転し、バッファ中を示す文字が現れたあと、再び看護服の女が登場した。早送りする前にはいなかった男のペニスを頬張っている。

フェラチオをしている女の顔がアップに。画面の半分を占めるほどの大きなペニスが出し抜けに現れ、瑛子は思わず顔をしかめた。男性器にはモザイクがかけられてはいない。

男の顔は登場しない。性器以外に裸の下腹や脚がちらちらと映る。すね毛は脱毛処理されているが、身体を覆う体毛は濃く、ヘソや腕の毛は海草みたいに生い茂っている。

看護服の女は大口を開けながら、音をたてて男根を咥《くわ》えていた。眉間にしわを寄せ、表情を大きく歪ませている。

電話相手の甲斐は、タバコでも吸っているらしく、ゆっくりと息を吐きながら瑛子に尋ねた。

〈どうだ〉

「どうだもなにも……まだまともに顔が拝めてないわ」

看護服の女は、目に涙をためながら、性器を根元までふくんでいた。亀頭が喉にまで届きそうだ。

やがて女は、屹立したペニスを吐き出して顔をそむけた。激しく咳きこむ。唾液の糸でぬらぬらと、唇が濡れている。やけにエロティックだ。その顔には、きちんと照明まで当てられていた。猫みたいに小さな女の顔を、白い光が横から照らしている。

「いや、待って」

瑛子は画面にタッチして、動画を一時停止した。ひとしきり咳を終えて、女が深呼吸をしたところだった。頰を赤く染めながら、困ったように大きな目を細めている。整形したような、二重瞼の大きな目。その下には小さなホクロがある。肌が白いだけに、それはやけに際立って見える。

瑛子はディスプレイを睨みながら言った。

「同一人物にしか見えないわ。あとでゆっくり拝見させてもらうとして、この娘、中国語を話してた？」

〈会話は一切ない。あるのはあえぎ声ぐらいだ。女と絡んでる男やカメラマンも、一切なにも喋っちゃいない〉

「カメラは手振れがなくてプロっぽいし、照明までちゃんと用意されてる。どこかのAV会社から流出したものなんじゃないの？」

〈映像の世界は専門外だ。おれにはわからん。マニアのAにしても、これがどこから流出したものかはわからんらしい。撮影の技術がしっかりしているからといって、AV業界の関係者が関わっているとも言い切れない。裏ビデオにも、これくらい凝った撮影をするアマチュ

アは多くいる〉

「A君はどこから手に入れたの？」

〈そりゃ同好の士だ。どこから流れてきたのかを突き止めるのは楽じゃない。Aは知人から譲り受けた。その知人はまた誰かから譲り受けたか、もしくはネットから拾ったのかもしれん。噂話の発信元を追いかけるようなものだ〉

瑛子は、ときおりスキップさせながら映像を眺めた。看護服を着せられた林娜と思しき女が、陰部を男に舐められ、大きなペニスで貫かれていた。正常位や騎乗位と、体位をしきりに変える。

甲斐が訊いた。

〈この林娜って女は、新橋のエステ店に売り飛ばされたらしいな〉

「馬岳っていう人身売買のブローカーが、どこかから仕入れてきたの」

〈噂には聞いてる。劉英麗が血眼になって追っている男だろう。そいつなら、このビデオのことも知っているかもな〉

「そうかもね。なんにしろ助かるわ。彼女、謎が多かったから。この情報《ネタ》を私によこしたのも、やっぱり戸塚の命令なの？」

甲斐は鼻で笑った。

〈いいや、おれの判断さ。おれはおれで、早く真実にたどりつきたいんでね。組長《オヤジ》の娘を殺した犯人を見つけたいし、できれば、あんたに手柄を立ててもらいたい〉

「真実にたどりつきたい、ね」

〈今度の件をきれいに解決できたら、組長《オヤジ》を紹介する。きっと会ってくれるはずだ。あの人のもとに集まる情報は、おれたちとは比べ物にならない。あんたにとっては、またとないチャンスだ〉

「……………」

〈この裏ビデオは、捜査本部に持っていってもかまわないぜ。どうせ連中だって、いずれはどこかから入手するだろうからな。鑑識で詳しく分析してもらえば、もっと発見があるだろう〉

甲斐はそう言い残して電話を切った。

瑛子は動画の再生ボタンを押した。林娜と思しき女が、服をすべて剝《は》ぎ取られ、後背位で突かれている。彼女の尻を摑んで、さかんに腰を動かしている男の顔は、やはりフレーム内に現れない。カメラは、苦悶の表情を浮かべる林娜を、アップで捉えている。その目は涙で光り、赤く充血していた。

画面に目をやりながら、彼女の人生について考えた。手っ取り早く稼ぐためだったのか、それとも日本に憧れを抱いたのか。動機はどうあれ、訪日してからの暮らしが幸福だったとは思えなかった。身体をさんざん売ったあげく、最後は何者かに刺し殺されてしまった。

瑛子は動画ソフトを停止した。裸の男女が消えうせる。画像はクリアで、モデルは上玉。男にとっては、喜ばしい作品かもしれないが、瑛子にとっては不愉快な代物《しろもの》でしかなかった。

気分がうんざりしていたところで携帯電話が鳴った。里美からだ。電話を取りながら、窓を見やった。まだ外は暗い。

「どうしたの？」

〈八神さんっすか。尾《つ》けている女ですけど、動きがありました。ちょうど今、部屋を出て、国道に向かって歩いてるところっす〉

里美の声には驚きの感情がこもっていた。綾乃は居酒屋での労働を終え、まっすぐに帰宅していた。誰かが訪れることはあっても、まさかこの深夜に外出するとは思っていなかったのだろう。

「そのまま追ってちょうだい。気づかれそうになったら、尾行をあきらめてくれてかまわないから。私もこれから向かうわ」

〈わかりました〉

電話を切り、下着姿のまま浴室へ。熱いシャワーを簡単に浴び、身支度を整える。

スーツ姿になったが、すぐに玄関へと向かわなかった。まず部屋の電気をすべて消し、瑛子はリビングの書棚に置いていた赤外線の双眼鏡を手に取った。

東の空が薄い藍色に変わりつつあったが、灯りのない室内は暗闇に包まれている。慎重な足取りで玄関に近づく。

玄関ドアの横には、サッシの小窓がついている。窓のロックを外し、ゆっくりと開けた。

窓の向こう側はマンションの通路。通路の先には一本の公道が見える。幅の広い歩道の両側には街路樹が並んでいる。街路樹の黄色い葉に隠れるようにして、一台の白いワンボックスカーがひっそりと停まっている。

瑛子は双眼鏡を覗いた。視界は色のない灰色に変わったが、昼間のような明るさに包まれる。ワンボックスカーの運転席には誰もいない。後部との間にカーテンが設けられていて、車内の後部座席の様子はわからない。ただそこに、富永がよこした見張りがいるのは明らかだった。

富永が瑛子をつけ狙っている。それをすでに知っていた。彼が見張りをよこす前から、瑛子のほうが彼を監視していたのだから。

瑛子は富永を高く買っていた。仕事熱心で頭も悪くない。部下たちの行動をきちんと把握している。ご清潔な性格のおかげで、簡単には飼いならせそうもない。それだけに、早くから目をつけていた。

瑛子は小窓を静かに閉じた。土間に置いていたスニーカーを掴んで玄関を離れた。西側の玄関とは、反対側に位置するリヴィングの大窓を開けた。ベランダに出てスニーカーを履く。

瑛子は、ためらうことなくベランダの柵を乗り越え、外へと飛び降りた。二階といえども、五メートル以上の高さがある。未舗装の土の地面が広がっている。膝のクッションを利用して、着地した。足裏にきつい衝撃。痺れるような痛みが脚全体に走ったが、ケガはせずに済んだ。

パンツスーツの埃《ほこり》を払うと、表のワンボックスカーからは見えない位置を選んで、歩道に出た。

地下鉄の豊洲駅へと向かう。まだ電車は動いていない時間だが、何台かのタクシーが暇を持て余しているはずだ。早足で移動しながら、里美に電話をした。

「今、どこ？」

〈京葉道路沿いのファミレスっす。女の自宅から、歩いて五分もかからないところにあるんですけど。駐車場にいるんで、店のなかの様子まではわかんなくて。誰かと会ってるのか、夜食でもひとりで食ってるのか……入ったほうがいいですか？〉

「そこで待機してて」

〈そうすか〉

里美の返事には落胆が混じっていた。きっと小腹がすいたので、ファミレスでなにか食べたかったのだろう。だが巨体の彼女が店内に入っては、嫌でも目立つ。

「十五分で向かう。おとなしく待ってて」

11

豊洲からタクシーを拾い、首都高で平井大橋を降りた。

まだ夜明けを迎えていない。短時間で目的地まで移動した。

ファミレスの五十メートル手前で、タクシーを停めさせた。京葉道路の歩道を歩きながら駐車場へと向かう。その横を、大型トラックが遠慮のないスピードで次々に通り過ぎていく。

早朝の冷たい風が肌を冷やす。

ファミレスの駐車場には、里美の配達車だけがあった。店の照明が届きにくい奥の位置にひっそりと停まっている。運転席の里美が、窓を開けて手を振った。

瑛子が声をかけた。

「まだいる？」

里美はうなずいた。瑛子は、レストランの入り口へと歩む。

「あの」

運転席の里美が、後ろから呼び止めた。瑛子は告げた。

「わかってる。テイクアウトでなにか頼むから」

里美は照れ笑いを浮かべながら頭を下げた。

ファミレスは閑散としていた。仕事を終えた水商売風の女たちや、眠そうな目をした学生風の若い男たちが、おつまみを相手にサワーやハイボールを飲んでいる。瑛子は首をめぐらせた。

我妻綾乃は喫煙席の一角にいた。ひとりだった。四人掛けのボックス席に腰かけ、瑛子に背を向けている。彼女のテーブルには、コーラが入ったコップと数冊の本があった。

格好は帰宅したときと変わってはいない。細身のジーンズを穿《は》き、ピンクのカーディガンを羽織っている。

瑛子は禁煙席の窓際の席に座った。綾乃とはだいぶ距離があるが、彼女の後ろ姿をとらえられる位置だ。

店員にアイスクリームを注文した。それにテイクアウトでクラブサンドとマルゲリータ・ピザ。バッグから文庫本を取り出し、読書をするフリをしながら、綾乃の様子に注意を払った。

綾乃はペンを握って、ノートになにかを書きつけていた。テーブルの本類は、すべてカバーがかけられていて、内容を類推することもできなかったが、なにかの参考書のようだ。それらを熱心にめくり、ときおりケータイをいじり、ペンを走らせる。熱心に勉強に励んでいるように見えた。歳はまだ二十代前半くらいだ。なにかの資格でも狙っているのかもしれない。

テイクアウトの料理が運ばれ、東の空の闇が薄くなっていく。綾乃は紫煙をくゆらせながら、ノートとケータイだけを相手にしていた。誰かが訪れる様子はなかった。

空振りを覚悟したころ、ふいに綾乃が席を立った。書籍類をトートバッグにしまい、精算を済ませて店を出て行く――表情までは確認できない。

街道の歩道を歩く綾乃を、窓越しに目で追った。彼女の足取りはゆっくりだ。だが、その方向は自分の家とは正反対だった。

レジにいた店員に金を押しつけると、小走りで駐車場の配達車へと向かった。里美はすでに車をアイドリングさせていた。

「お出かけみたいっすね」

「ゆっくり進んで」

車を駐車場の出口まで進ませた。助手席の瑛子は双眼鏡で、歩道の綾乃の姿を追った。彼女はぶらぶらと歩いていたが、空車のタクシーを捕まえて乗りこんだ。

「こんな時間にどこ行くんだろ。深夜のタクシーなんて、よく乗れるなあ。おっかなくないのかな」

里美は、車のデジタル時計を見ながら、ぼんやりと呟いた。時計は朝の四時三十分を示している。綾乃が乗ったタクシーは、京葉道路を都心の方向に進んだ。彼女のマンションからは、どんどん遠ざかっていく。瑛子らが後を追う。

「おっかない？」

「おっかないっすよ。割増料金のタクシーなんて、あっという間にメーターが数千円になるじゃないですか。あれ見るだけで、気が狂いそうになるんですよ。たった数キロ移動するだけで、牛丼何杯食えるのかって話ですよ。焼肉屋の店員ってのは、ずいぶん羽振りがいいんですね」

「男の稼ぎがいいからかもしれないし、ひょっとしたら緊急の用事かもしれない。油断しないで。食べ物なら買ってきたから」

タクシーは快調に飛ばした。京葉道路から日本橋を経由し、昭和通りを進む。新橋駅付近のごちゃついた飲食街へと入っていく。

ようやく東の空が明るくなりだしたころだ。人気《ひとけ》はない。歩道はゴミ袋やポリバケツに占領されている。開いている店はほとんどなく、通りは鉄色のシャッターで覆われている。

無数のスナックが入った雑居ビルの前でタクシーは停まった。綾乃が降りる。

彼女はビルの横にある狭い路地へと入る。車一台分が通れる程度の道だ。

「ここで待ってて」

タクシーが走り去るのを確認してから、瑛子は雑居ビルの手前で車を降りた。綾乃が入った路地に足を踏み入れる。新橋三丁目のせせこましい区域。林娜の勤務先は、そう遠くはない。丈の低いビルや建物が並び、古ぼけた小料理屋や煤《すす》けた焼き鳥屋が路地を囲んでいる。

前方には綾乃の姿があった。その距離は思ったよりも離れている。足の動きがやけに速い。瑛子もスピードをあげる。

小さなT字路にさしかかり、綾乃はその道を左に折れた。追いついた瑛子が同様に左折する。その瞬間――。

道を曲がった瑛子に、一台の黒いワゴン車が、エンジン音を轟かせながら猛然と向かっていた。狭い道にもかかわらず、加速しながら彼女に迫る。

ふいをつかれた瑛子は足を止めた。両腕で胸と頭をガードしながら飛ぶ。ワゴン車はためらわずに彼女を跳ねた。鉄の塊が容赦なく衝撃をくわえる。瑛子の身体が吹き飛ばされる。

車のボディに叩きつけられ、腕の骨がきしむ。胸が圧迫され、息をつまらせる。

瑛子は数メートル先まで飛ばされた。道路に落下し、アスファルトに背中を擦られた。摩擦熱が背中と尻を焼く。

地面に後頭部を打ちつけたのか、視界がぐにゃりと曲がる。目のピントが合わない。それにひどい耳鳴り。内臓が衝撃のショックに悲鳴をあげる。瑛子は激しく咳きこんだ。

ワゴン車は瑛子の傍らで停まった。ドアが開く音が耳鳴りに混じって聞こえた。目の焦点が徐々に定まる。視界に二人の男の脚が入る。顔までは確認できない。しかし正体を確かめるまでもない。

瑛子は口内の液体を吐いた。口のなかを盛大に切ったらしく、ツバに混じって多量の血があふれた。それを見ながら、自分の迂闊《うかつ》さを呪う。連中の罠に、みすみすはまった。

ダークスーツを着用した男が、倒れた瑛子をしげしげと見下ろした。耳のダイアモンドのピアスで、その男が馬岳だとわかる。長い頭髪をゴムで縛り、ポニーテールのように結っている。手を顎にやり、薄笑いを浮かべている。

やつは中国語で言った。

「どこの馬鹿が釣れたのかと思ったら、女の刑事さんだったとはな」

馬岳は瑛子の腰に視線を落としていた。スーツの裾がはだけ、特殊警棒を差したホルスターが覗く。馬岳は続けた。

「英麗姐さんが凄腕を雇ったって噂は、耳に入っていた。まさか刑事にやらせていたとはな。しかし噂には必ず尾ひれがつく。まったく、とんだ凄腕だ」

激痛に耐えながら、瑛子はスーツのポケットに手を伸ばす。なかの携帯電話に触れようとする。

「おっと《ウェイ》」

馬岳はしゃがみこんで、瑛子の右手首を掴んだ。やつの掌はゴワゴワとして硬い。

「なかなかいい女じゃねえか。なんでこんな汚れ仕事をしてやがる。よっぽど、おれに会いたかったのか？　こんな朝っぱらからつきまといやがって。恨むんだったら、お前を雇ったあのアバズレ《シャビイ》にしてくれよ。おれじゃなく」

馬岳は瑛子からケータイを奪い取った。胸と腹の痛みに耐え、瑛子は中国語で答えた。

「ぺらぺら《チャオ》とう《シイ》るさい《レエ》わ。とっと《クインマ》と消《シャン》え《シアオ》なさい《シイ》」

「流暢に喋るじゃねえか。英麗の靴でも舐めて覚えたのか？　やっぱ日本のおまわりってのは間抜けぞろいだな。そう簡単に、お別れできると思ってるのか？」

馬岳は瑛子の太腿をなで回した。

「遠慮するなよ。もっとゆっくり遊ぼうぜ」

馬岳は傍らの部下に目で命じた。部下は髪をボサボサに伸ばした貧乏留学生のような格好。外見にこだわる馬岳とは違い、よれた紺色のブルゾンと、ケミカルウォッシュのジーンズを穿いている。

馬岳と部下が、瑛子の肩を掴み、無理やり地面から引き起こした。それぞれが彼女の両腕を抱え、ワゴン車のドアまで運ぶ。部下がワゴン車の後部ドアを開け、荷台に彼女を放りこもうとする。

荷台には、折りたたまれたブルーシートとガムテープ、ビニール紐や金属製の手錠が転がっている。拉致用の必須アイテム。それを使って、多くの女たちをさらってきたのだろう。

馬岳は瑛子の耳に囁いた。

「楽しみだぜ。おまわりのなかに、こんな上等な女がいたとはな。自分をタフだと思ってるんだろうが、おれ好みのメス犬に変えてやるぜ。悪党の子種をたっぷり腹に注がれながら、女の悦びを思い出させてやる」

瑛子は自分の肌が粟立つのを感じた。

「噂どおりの男ね」

「あん?」

「母親とも平気で交わった犬って話よ。あなたなら、いかにもやってそう」

馬岳は鼻で笑った。それから瑛子の胸を鷲摑みにする。乳房に痛みが走り、彼女は顔を歪めた。

「いっぱい鳴け。鼻息の荒いメスは、決まってひいひい許しを乞うんだ。上海にいたころ、おれは調教師《ペイサンシイ》と呼ばれていたんだよ。お前みたいなじゃじゃ馬を、毎日のように乗りこなしてたからな」

瑛子は拳で背中を打たれ、短いうめき声を発した。硬い鉱石で殴られたような痛みに、思わず背をのけぞらせる。やつの素手そのものが、一種の凶器と化していた。

瑛子は荷台へと突き飛ばされる。床に肩から倒れた。馬岳も荷台に乗りこみ、手錠を拾い上げる。やつの部下が後部ドアを閉じようとする。

その瞬間、部下の身体が真横に吹き飛んだ。突風にさらわれる木の葉みたいに。横のビル壁にぶつかり、身体を大きくバウンドさせ、ろくに受身を取らずに顔から地面へ衝突した。アスファルトに口づけをしたまま、身体をぴくぴくと痙攣《けいれん》させる。

開きっぱなしの後部ドアの下には、横から突き出された里美の太い脚があった。部下は、里美の前蹴りをまともに浴びたのだ。

「なんだと？」

手錠を手にしたまま、馬岳は啞然《あぜん》としたように動きを止めた。

「あの、大丈夫っすか？」

車の後部から、里美が顔を覗かせた。すさまじい一撃をくわえておきながら、その声は頼りないくらいに小さい。小僧の御用聞きを思わせる。

「気をつけて！」

瑛子が叫ぶのと同時に、荷台の馬岳が里美に襲いかかった。奇声をあげながら、里美の顔面に蹴りを放つ。里美とは対照的に、針金のような細い足。里美は両腕でがっちりガードし、やつの蹴りを正面から受け止めた。巨体が後ろに下がる。蹴りには強力な威力がこめられているとわかった。

馬岳は、荷台から飛び降りて里美と対峙した。里美は眠そうな目を大きく見開いている。戦いを好む彼女は、歯を剝《む》いて腕を振り回した。当たればクマをもなぎ倒しそうなパワーだ。

しかし馬岳はしゃがんでそれをかわした。やつがパンチを放つ。里美はそれを胃袋にまともに食らう。

里美はひるまずに回し蹴りを放った。だが馬岳は軽やかにステップして、やすやすとそれをよけた。自分の拳で倒れない女が珍しいのか、やつは首を軽く横に振る。

戦いは里美が明らかに不利だった。動きの鈍い巨大戦艦が、航空機の爆撃で沈められるのと似ている。馬岳は、里美の大振りのパンチをなんなくよけ、拳や蹴りを鳩尾《みぞおち》や腎臓に叩きこんだ。やつの硬い拳が効いたのか、里美は低くうめきながら、がっくりと膝をついた。

馬岳は腰に手を当てて、彼女を無遠慮に見下ろす。

「世の中にはとんでもねえメスがいるんだな。博物館に売り飛ばしてやりてえところだ。だけど、おめえみたいなメス牛に用はねえ。とっととくたばれ」

中国語を知らない里美は、黙って肩で息をするだけだった。

とどめの一撃をくわえようと、馬岳が拳を振り上げた瞬間だった。里美の巨体が俊敏に動いた。百メートル走の選手が、クラウチングスタートを切ったような格好。

里美は馬岳の腰に組みついた。太い両腕を、やつの背中まで回しながら呟く。

「捕まえた」

「逃げ出すと思ったら。お前、馬鹿だろ」

馬岳はため息をつきながら、里美の無防備な頭を拳を突いた。ガツガツと硬い音が響く。二発、三発と強力なパンチが叩きこまれたが、里美のホールドは緩まなかった。両手の指同士が、がっちりと絡んでいる。

ワゴン車の荷台から降りた瑛子が、特殊警棒をひと振りしながら命じた。馬岳が顔色を変える。

「放しちゃダメよ」

「うす」

馬岳は、さらに里美の頭を殴りつけながら、身をよじって腕の縛《いまし》めから逃れようとした。

「バカ野郎。さっさと放しやがれ」

里美は頭を馬岳の下腹にうずめ、馬岳の細い腰を万力のように固定した。

瑛子は特殊警棒を両手で握った。動きを封じられた馬岳の首筋に、特殊警棒を叩きこむ。

ワゴン車の一撃で、左手首に異常を感じていた。骨にヒビが入っているのか、痺れるような痛みが腕に走る。

遠慮のない打撃に、馬岳は顔を歪ませた。大きく口を開ける。痛みで声は出せないようだ。背中を大きく反らせたが、里美の両腕が逃れることを許さない。

瑛子はさらにやつの首筋を警棒で打ち下ろす。

金棒が肉を打つ重い音がした。馬岳の喉が笛のように鳴った。やつの腕がだらりと下がる。

三度目の打撃をくわえると、馬岳は白目を剝いた。穿いていたダークスーツのズボンから小便が滴り落ちる。里美の顔面は、やつの股間に近い位置にあった。目を光らせたまま、気を失った馬岳をがっちりと捕らえている。その姿は、魚を捕獲したイソギンチャクに似ていた。

「もう、いいわ」

里美が腕を緩めると、馬岳は膝から崩れ落ちた。アスファルトの上を無防備に転がる。里美の顔は赤く腫れ上がっていた。前頭部には、石をぶつけられたようなタンコブがいくつもできている。まるで鬼の角だ。里美は顔についた小便を手の甲でぬぐう。

瑛子は、自分の手錠を取り出した。

「大丈夫？」

「超痛かったっす。こんなにきついのは、道場の先輩に鉄アレイで殴られたとき以来ですよ」

馬岳を後ろ手にして手錠をかけた。時間はない。これだけ派手に暴れれば、誰かがやって来るだろう。それが馬岳の仲間である可能性も低くはない。瑛子はあたりを見回す。綾乃の姿はなかった。

里美はTシャツの裾で顔を拭いた。

「でも、こんなにいい汗かいたのは久しぶりっす」

「それはよかった」

里美の呑気《のんき》な答えに、さすがの瑛子も苦笑する。今のも相当な修羅場だが、里美はレスラー時代に、もっとひどい地獄を体験している。

男たちをワゴン車に積みこむよう命じた。むしろきついのは、瑛子のほうだ。手首の骨に異常があるらしく、皮膚が赤く腫れあがり、じんじんと痛みを訴える。関節が曲がらない。

戦いによる昂奮が消え失せると、身体のあちこちが一斉に悲鳴をあげた。額に手をやると、指先に血がついた。それから背中がやけに冷たい。多量の血が瑛子の背を濡らしていた。アスファルトに擦られたスーツはボロキレと化した。

里美はゴミ袋のように、二人の男をワゴン車の荷台へと放った。車内にあった手錠で、やつの部下の手を封じた。

瑛子は荷台から降りて、運転席のドアを開けた。塗装の剝げた古い車だが、車内にゴミや汚れは一切なかった。常日頃から、痕跡を残さないよう気を配っているのだろう。抜け目のない悪党だったが、自分自身の力を過信しすぎてもいたようだ。

瑛子はワゴン車の運転席に乗った。里美に言う。

「仕事はこれで終了よ。思いのほか早く済んだわ。危ういところを、あなたに助けられたし。報酬は上乗せして払うから」

「あの、これからどうするんすか？」

「お持ち帰りするだけ。この車も含めて」

「一緒に行きます。こいつらが目を覚ますかもしれないし。そうなったら危ないっす」

瑛子は首を振りながら、きっぱりと告げた。

「ここから先は来ちゃだめよ。見ないほうがいい」

里美は寂しげな表情を見せた。

「運転……大丈夫ですか」

「それはお互い様。あなただって、派手にボコボコやられたんだから、帰りの運転は気をつけてね」

瑛子はワゴン車のエンジンをかけた。

「お疲れっす」

頭を下げる里美をバックミラーで確認し、瑛子はハンドルを切って路地を去った。

12

「お手柄よ。こっちの手間が大いに省けたわ」

劉英麗は、水筒に入った中国茶をカップに注いだ。治療中の瑛子にそれを渡す。

「居所を嗅ぎ当てるとは思っていたけれど、まさかじきじきに捕らえるなんて。あなたは生まれながらのハンターね。私としては、早く夜の蝶に変身してほしいんだけど、もしかすると岡っ引きは天職なのかも」

「どうだか。そんな格好のいい話じゃない。あやうく、私のほうが売り物にされるところだった。シャブ漬けにでもされてね」

半裸の瑛子は左腕を掲げた。ギプス用の薄い鉄板で手首を固定し、その上から包帯をぐるぐるに巻きつけている。

上半身のいたるところに、消毒液をまぶしたガーゼを貼っている。英麗が用意してくれたパンツを穿いていたが、その下も同様に包帯とガーゼだらけだ。額や顎にもすり傷がある。火で炙られているかのように全身が熱く痛んだ。

英麗は肩をすくめた。

「この世界は結果がすべてよ。プロセスなんてどうでもいい。たとえ相手の罠にはまって、泥仕合を展開したとしてもね」

英麗は男のような身なりだった。ろくに化粧もしていない。深緑のＭＡ－１のジャケットに作業ズボンという姿。

瑛子は尋ねた。

「我妻綾乃も捕らえたんでしょう？」

「案外つまらない娘だったわ。あなたの監視に気づくくらいだから、もっと鋭い女だと思ってたんだけど。自宅近くにあやしい車が停まっていたから、馬岳に連絡したら、誘《おび》きだすように命じられて、のこのことあの路地に向かったらしいわ。ちょっとだけ脅したけど、おしっこ漏らして震え上がるばかりで、なにも知らないみたいだった」

「どうするの？」

「どうもしないわよ。マフィア映画の悪役じゃあるまいし。馬岳を悪い組織に追われてる民主化運動の活動家と思ってたんですって。故郷《クニ》に帰って、お父さんとお母さんを大切にしろって、アドバイスして放したわ」

英麗は情に流されるような女ではない。我妻綾乃が本当に無知だったからこそ解放したのだろう。

オフィス用の椅子の背もたれに、ゆっくりと背中を預ける。瑛子らがいるのは、小さな工場の事務所だった。

馬岳との激闘を制し、ワゴン車を奪った瑛子は、運転しながら劉英麗に電話をかけた。状況を説明すると、英麗は大森の小さな自動車整備工場を待ち合わせ場所に指定した。彼女の友人が経営しているという。瑛子は了承した。

小さな町工場が並ぶ地域。早朝とあって静けさに包まれていた。だが工場の玄関には、英麗の部下がしっかりと待ち受けていた。

一時間もしないうちに英麗本人も、愛車のハマーを運転しながら工場に駆けつけた。助手席に医者を乗せて。瑛子は事務所で治療を受けた。

機械油と排気ガスの臭いがしみつき、ときおりファックスが紙を吐き出す小部屋。そこには、医者と英麗と瑛子の三人しかいない。

「手のほうは二週間もあれば、そのうちくっつくはずだ。やっかいなのは、背中の打撲と擦り傷のほうだ。抗生物質と鎮痛剤を多めに置いていく。それを飲んで、おとなしく寝ていろ」

医者を名乗る男が、医療用手袋を外しながら告げた。

英麗が連れてきたのは、分厚いメガネをかけた老年の日本人だった。本物の医者かどうかはあやしかったが、治療の手際はひどくよかった。彼が持参した往診用の黒カバンには、消毒液のビンや包帯、聴診器といった道具一式がつまっていた。それに、医療関係者でなければ扱えないはずの医薬品がぎっしり入っている。

瑛子は自称医者に向かってうなずいた。

「もちろん、そうさせてもらうわ。痛くて死にそうよ」

「この手の往診で、きちんと安静にしていた患者を見たことはないがね。せっかくこんな朝っぱらから出張ったんだ。容態を勝手に悪化させて、私につまらん徒労感を味わわせんでくれ」

自称医者はむっつりとした顔で答えた。

薄くなった灰色の髪を、几帳面に七三にわけ、シミひとつない清潔な白衣を身につけている。だが、その苦虫を潰したような顔のおかげで、ひどく偏屈そうに見える。

数年前に、同じような顔をテレビで目撃したことがあった。東北の大学病院で、患者の生命維持装置を外して逮捕された医師に似ていた。患者の家族から充分な同意を得ないまま行ったとして、尊厳死の問題としてメディアに取り上げられていた。それからどうなったのかを、瑛子は覚えていなかったし、果たして同一人物なのかは正確にはわからない。テレビに映った医師は、豊かな黒髪と口ひげの持ち主だった。

英麗が瑛子を見下ろした。

「彼女なら大丈夫よ。その身体を見れば一目瞭然でしょう。すごく鍛えてる。いくつもの戦場を渡り歩いてる女兵士って感じね。私の車みたいに頑丈そうよ」

自称医者はつまらなさそうに鼻を鳴らした。

「そういう人間がもっとも危ないんだ。自分の身体を過信して、こちらのアドバイスなど屁とも思っとらん。まともな病院には駆けこめん事情を抱えてるくせにな」

英麗は悪びれる様子もなく、舌をペロリと出した。瑛子は秋物のブラウスに袖を通した。それも英麗が持ってきたものだ。

「軽視するつもりなんてないわ」

「これでも三十年以上、病人やケガ人と向き合ってきたんだ。医者の言いつけを守りそうなやつか、そうでないかは、顔を見ればだいたいわかる。命からがら助かったというのに、また喜んで戦場にすっ飛んでいくタイプだ。図星だろう」

「あら、先生。占い師にもなれそうね」

英麗が目を見開く。

「茶化すな。冗談は好かん」

自称医者はカバンから何枚もの錠剤のシートを取り出し、それを瑛子の前にあるスチール机に、叩きつけるようにして置いた。白衣を脱ぎ、スーツ姿になって帰り支度を始める。

瑛子は言った。

「先生の常連客になるつもりはないわ」

「常連になりたがる者などいるか」

自称医者は用を済ませると、捨てゼリフを残して出て行った。

英麗がため息をつく。

「ごめんなさいね。どうにも口が悪くて」

「問題ない。腕もよさそうだったし」

「あなたの相棒の娘も、一緒に診《み》てもらえばよかったのに。かなり殴られたんでしょ？」

「里美はあなたたちと違う。ここに連れてきたら、もう仕事ができなくなると思う」

「惜しいわ。ボディガードに雇いたいくらい。馬岳に壊された腕自慢が、今までどれほどいたことか。あなたも警官なんて見切りをつけて、早くうちで働いたらどう？　きっと、今と比べものにならないくらいに稼げるわ」

「たった今、過信は禁物だと釘を刺されたばかりよ」

英麗はカップの茶を飲み干して立ち上がった。

「そうね。あたしも油断しないように気をつけないと。さて、町一番の過信野郎を見物して、肝に銘じることとしましょうか」

着替えを終えた瑛子は、自称医者がくれた錠剤を茶で流しこむと、英麗と一緒に事務室を出た。

隣の工場は、シンナーとオイルの強い臭いがする。ドアを大きくへこませたクーペや新聞紙で覆われた軽自動車が並んでいる。

修理中の車の前で、英麗の部下らが立っていた。地味なジャンパーや黒革のジャケットを着た男たち。頭をつるつるに剃り上げた屈強な大男もいれば、長い髪を紐で束ねている小男もいる。身体の特徴も服装もバラバラだったが、全員が同じ黒のゴム長を履いている点は共通していた。工場のコンクリートの床は、水でびしょびしょに濡れている。

工場内には三つの水道の蛇口があった。蛇口につけられた緑色のホースが、男たちのほうまで伸びている。水をエンドレスに流しているようで、男たちの足元には、ちょっとした小川ができていた。

それは奇妙な風景だった。男たちの足元には、床に倒れている馬岳とやつの部下がいる。二人とも全裸で、身体をずぶ濡れにさせながらコンクリ床に転がっている。両手両足をワイヤーで縛められ、抵抗力を完全に奪われている。口に漏斗《じょうご》を咥えさせられ、そこからホースの水を流しこまれていた。

馬岳らに近づくと、小便と人糞のきつい臭いがした。二人は、尻と背中を自分の糞便で汚している。瑛子と戦ったときの、ギラギラとした精気は消え、顔は紙みたいに白く、唇は紫色になっている。

大量の水が胃に入っているらしく、鉄板のように鍛え上げられたやつの腹は、今ではぽっこりと膨らんでいる。男たちは、その様子をじっと冷たく見下ろしていた。

自称医者が不機嫌だったのは、このせいもあるだろう。治療に勤しんでいるすぐ隣では、まったく正反対のことが行われていた。

英麗が瑛子に言った。

「フォアグラ用のガチョウみたいでしょ」

「わりと地味ね。爪を剝がしたり、ペニスを引きちぎったりしてるんだと思ってた」

「そんな悪趣味なことしないわ。やるほうだってくたびれるんだから。バットや棒っきれで、ボカスカ叩いたら、人間はあっけなく死んじゃうものだし。それに自分の血を見ちゃうと、昂奮して痛みが麻痺しちゃうから逆効果よ。バイオレンス映画みたいなやり方は、総じて効率がよくないの」

馬岳の部下が身体をくねらせた。ゴボゴボという排水溝のような音が口から漏れる。見守っていたスキンヘッドが、あてがわれていた漏斗を外すと、馬岳の部下は苦しげに顔を歪めながら、噴水のように吐き出した。驚くほどの量の水があふれ、コンクリ床に湖を作った。

「だから……おれはなんも知らねえ。知らねえっつってんだろ。もう止めてくれ」

あらかた水を胃から排出すると、やつは何度もえずきながら、掠《かす》れた声で訴えた。

だが、その願いは聞き入れられない。スキンヘッドが髪を摑んで顎を上げさせ、漏斗を無理やり口に押しこんだ。ホースの水を漏斗にそそぐ。その動きは手馴れていて、無駄がなかった。

「たくさん水を使うから、寒い時期だと、やるほうもちょっと辛いんだけど」

英麗はポケットティッシュを取り出し、ちり紙で鼻をかんだ。

瑛子は床を転がる馬岳を見やった。今や目だけが、馬岳に残された武器だ。水責めにあいながら、怒りに燃える視線で瑛子らを睨みつける。

英麗に尋ねる。

「これ、効き目あるの？」

彼女は心外そうに眉をひそめた。

「あらやだ。あなた、大学だってきちんと出てるんでしょう？　どうして知らないの？」

「拷問のやり方を、学校は教えたりしない」

「関東軍の憲兵隊がやってたやり方よ。私のお爺ちゃんが抗日ゲリラだったからよく知ってるけど、憲兵隊は捕らえたスパイを、こうやって自白に追いこんだの。いわば拷問のプロが編み出した、効率的でもっとも実りのあるやり方ってわけ。その国の歴史を学べば、こんなふうにビジネスに活かせることもあるのよ。どんなに命知らずのスパイでも、これに耐え抜いた者はいなかったらしいんだけどね」

英麗はスキンヘッドの肩を突いた。スキンヘッドが馬岳の漏斗を外す。

馬岳の顔が丸く膨張する。餌をつめこんだリスみたいに頬を膨らませ、仲間と同様に大量の水を吹きだす。身体が蛇のようにのたうつ。

英麗は唇を横に広げ、白い歯を覗かせた。笑みと呼ぶには、あまりに獰猛な顔つきだ。

「ざまあないわね」

馬岳は、咳きこんでからわめき始めた。日本と中国の大都市を荒らしまわった悪童だけに、すぐには屈服しそうになかった。囲んでいる男たちの足に嚙みつこうと、身をよじらせて顎を動かす。

長髪を束ねた小男が動じることなく、馬岳の喉を正確につま先で蹴った。武術の実力者といえど、鍛えようのない急所を突かれ、馬岳は涙を流して悶絶する。

英麗は微笑みながら目を細めた。化粧をほとんどしていなかったが、昂奮で頰を赤く染めたその顔は、不思議な妖艶さをたたえている。

「この姿を拝むのに、ずいぶんと骨を折ったわ。SMの趣味はないつもりだけど、クソまみれになって這《は》いずってるところを見てたら、なんだか濡れてきちゃった」

しばらく床を転がっていた馬岳だったが、口から血をあふれさせながら言った。

「売女ども……見てろよ、おれは簡単にくたばらねえ。必ずお前らを狙ってやる。どんなになろうとだ。お前らが油断して、ぐっすり眠ってるときにおれは現れる。仲間を連れて、ベッドを取り囲んでやる。火で炙ったナイフを持ってだ。そのしなびたパイオツを切り取って、お前らの腐れた子宮に突っこんでやる」

英麗は自分の耳を小指でほじった。

「格闘技の選手じゃあるまいし、あなたとトラッシュトークの応酬なんてするつもりはないの。質問に答えてくれれば、悪いようにはしないわ」

馬岳は、まるで聞いてはいなかった。うんざりするほど下劣な言葉を用いて罵倒を続ける。英麗はため息をついて、スキンヘッドに視線を送った。スキンヘッドが、やつの口に漏斗をねじ入れて黙らせる。

英麗は瑛子に言った。

「建設的なお話しするには、まだだいぶ時間がかかるみたい。林娜さんの件については、こっちで訊いておくから」

「任せる」

瑛子はうなずく。英麗ならうまく聞き出すはずだ。

何者かに路上で刺された林娜は、裏ポルノにモデルとして出演している。事件と関連があるのかはわからないが、被害者の不透明な過去を明らかにしておきたかった。林娜をエステ店に紹介したのは馬岳だ。彼女に関する情報を持っているはずだ。

答えてくれれば悪いようにはしない。英麗は嘘をついていなかった。情報を吐き出せば、水責めの苦痛とは無縁の世界へとすみやかに送るだろう。

瑛子は腕時計に目を落とす。朝の七時を回っていた。

「私はそろそろ行くわ。わかったら、連絡ちょうだい」

「あの医者じゃないけど、ちょっとは休まないと、身体に毒よ」

「あなたこそ、ほどほどにね」

瑛子は手を振りながら工場を後にする。

誰かが馬岳らの身体を蹴ったらしく、肉を打つ重い音がした。だが、瑛子は振り向いたりはしなかった。

13

富永は目を見張った。

上野署の大会議室。署員を集めて、朝の訓示を行っている最中だった。上野と蔵前のそれぞれの捜査本部は、本庁に一本化されることが決定している。熱をこめた訓示で、署員だけでなく、自分自身に活を入れ、合同捜査本部の初会議に臨むつもりだった。

しかし富永は、訓示の最中に思わず言葉を止めた。会議室の左隅に、組織犯罪対策課の面々が集まっている。そこには八神瑛子の姿もあった。

八神は、顎にガーゼを貼りつけていた。額にも小さなすり傷がある。なまじ顔がいいだけに、傷が痛々しく見える。昨日の昼に署内で見かけたときは、そんなケガなど負ってなかった。

つまり昨夜のうちになにかが起きた。だが、監視に当たらせている田辺からは、なんの報告も受けてはいない。動きがあれば知らせるように伝えている。

横に控えていた副署長が、不安げに壇上を見上げていた。富永は咳払いをして続ける。

「犯人がこの管内で、またも罪もない一般市民を狙う可能性は高い。それを未然にふせぐためには、諸君たちの一層の努力と、細心の注意が求められる。緊張感を持って臨んでほしい。またテレビ局に送付された差出人不明の封書が、今朝のメディアで大きく取り上げられ、事件に対する報道もますます熱を帯びている。区民の不安や恐怖がさらに拡大しているが、それを可能なかぎり払拭するために、地域課と交通課は、事件現場の周囲を重点的にパトロールを……」

富永は一段と声を張り上げた。背中に冷たい汗をかきながら。

訓示を終えた富永は、同じ階にある小会議室へと飛びこんだ。ポケットの携帯電話を取り出す。液晶画面には、着信を知らせるアイコンが表示されている。着信履歴には田辺の名があった。訓示の最中に連絡を入れてきたのだ。

田辺に電話をかけた。ボタンの操作や呼び出し音が、やけにもどかしく感じられた。

〈田辺です〉

「私だ。まずは君の話から聞こう」

〈こちらは、豊洲にある八神《マルタイ》のマンションの前で張ってます。この時間になっても、マンションから出る様子がないものですから〉

　頭が熱くなる。思わず責める口調になる。

「どこにいると思う」

　田辺が息を呑むのがわかった。自分の監視が八神に悟られた。それに気づいたようだ。しばらく沈黙していたが、無念そうに答える。

〈……わかりません〉

「彼女ならすでに署にいる。それとこちらからの質問だが、昨夜の彼女は、顔に傷を作るようなアクシデントに遭遇したのか？」

〈どういうことですか？〉

　その答えだけで充分だった。八神は監視に気づいている。昨夜は、極秘の用事があったということだ。帰宅したように見せかけて、監視の目をくらませたのだろう。

　田辺が低い声で呟く。

〈まったくわからない〉

「いや、わかったことがひとつある。君が彼女の行動を把握できていないことがな」

〈そのとおりです。しかし、どうしてこちらの動きが知られたのか。それがわからない〉

富永はこめかみを指で揉む。頭痛がしそうだった。

「気づかれたからだろう。彼女は勘が働く」

〈だからこそ、私に声をかけた。違いますか？〉

今度は富永が黙る番だった。鼻で深呼吸をしながら、田辺の質問の意図について考えた。八神の動きを見張る。それがどれほど難易度が高い任務であるかは、現場から長く離れている富永にも想像がつく。それゆえ田辺に声をかけたのだ。田辺は監視のプロだ。その彼でも、監視対象者に気づかれるときはある。だが、出し抜くのは難しい。田辺が、朝までもぬけの殻となったマンションにべったり張りついていたのも、彼女が監視に勘づいた様子をまったく見せなかったからだ。田辺が、そのサインまで見逃すとは思えない。

富永は携帯を握りなおした。

「私のほうに問題があると言いたいのか」

〈八神《マルタイ》は、多くの協力者《エス》を抱えています。外だけじゃなく。署内にも、彼女に飼われている人間が少なからずいます〉

「ぬけぬけと。私に原因があるというのか？」

〈…………〉

「だが可能性は否定できない。私がかりに君の立場なら、同じことを考える」

富永は歯を食いしばる。ミスを指摘され、身震いするほどの怒りが湧く。しかし自己保身や激情に走って、ただの愚者になるのは避けたかった。

八神は初めから、富永の監視を知っていた。そう解釈するほうが自然だった。監視に気づかないフリをしながら、いざというところで富永らを欺いた。

富永は小会議室を見回した。彼以外は誰もいない。わかっていながらも、確かめずにはいられなかった。

急に肌がぴりぴりする。八神を監視していた自分が、じつは彼女から見張られている……正体不明の視線を意識する。

富永はドアを開け、外の廊下の様子を確かめた。自分の電話を盗み聞きする者はいないか。今さらナーバスになったところで手遅れだが、やらずにはいられなかった。廊下には誰もいない。

「君の言うとおりだな。なぜ、彼女に知られたのかがわからない」

〈いずれにしろ、今回は失敗です。情報がどこから漏れているのかを特定しないかぎり、八《マル》神《タイ》にいいように操られるだけですから。私はこれから撤収作業に入ります。よろしいです

か?〉

「ご苦労だった。君の上司にも、よろしくと伝えておいてくれ」

ねぎらいの言葉をかけつつ、富永は頭脳をフルに回転させた。

どこから情報が漏れたのか。元部下に監視を依頼したが、文書や電子メールといった記録に残るような手段は取っていない。

田辺以外にこの件を知っているのは、田辺とともに監視活動に従事している彼の部下、それに上司である外事一課の課長ぐらいだ。外に情報を漏らすような連中ではない。

たとえ八神が、本庁の公安刑事の誰かを飼っているとしても、そこから知るのは不可能に近い。彼らが属する部署は、徹底した秘密主義が貫かれている。自分の任務や抱えている案件を、同僚にすら容易に教えたりはしない。

富永にしても、ぬかりはなかったつもりだ。今回は、田辺と会ってもいない。連絡の方法は携帯電話のみだ。電話は、もっぱら聞き取られる心配のない署長室、もしくは自宅からかけていた。

「まさか」

富永は小会議室を出た。階段を何段も飛ばして駆け下り、署長室へと向かう。

室内に入った。重厚な作りの書棚や応接セット、大きな執務机が出迎える。

部屋の隅には、丈が二メートルほどはある観葉植物——週に何度か水を与えるために、総務課員が出入りしている。

彼は観葉植物の鉢に触れた。なかの土を指で押し、感触を確かめる。それから力をこめて鉢を動かし、植物の葉の裏や、鉢で隠れていた部屋の壁をチェックした。目当てのものはない。

富永は床に跪《ひざまず》いて執務机を調べた。すべての収納棚を開け、なかのファイルや書類、CDロムを取り出す。空になった棚を調べ、天板の裏側や棚の奥を覗く——おかしなところはない。

執務机は、パソコン類のコードがツタのように複雑に絡んでいた。コードを握って、ひとつひとつ確認する。掌が埃にまみれる。

富永は思わず息を止めた。床にそなえつけられているコンセントだ。パソコン機器類の電源を供給している。

コンセントに、見慣れぬ三つ又のモジュラーソケットが差しこまれていた。富永はそれを引き抜く。デスクの上に置く。

書類の束を押さえていた丸型の文鎮を握った。力任せにそれをモジュラーソケットに振り下ろす。プラスチックのボディが砕け、中身が露になる。

なかには集音マイクとアンプが内蔵されてあった。ソケット型の室内音声盗聴器だ。自身も公安時代に使用したことがある。

富永は、砕けた盗聴器を握り締めた。視界が怒りで狭まる。仕かけたのは八神か、彼女の犬に違いない。だがその怒りは、まず富永自身に向けられた。甘かったのだ。自分は安全地帯にいると思いこんでいた。

今日にでも、自宅をクリーニングする必要があった。そこにも仕かけられているかもしれない。富永は内線電話を取った。組織犯罪対策課の課長席にかける。

「石丸です」

課長の石丸が探るような声で応じた。組対課の長にふさわしく、丸坊主の大柄な男だ。同僚とは張りのある声で話すが、富永を苦手としているらしく、声のトーンが極端に下がる。

富永は早口で告げた。

「八神係長に、署長室に来るよう伝えてほしい」

「あの……彼女がなにか」

「あとで知らせる。大至急呼んでくれ」

「わ、わかりました」

八神の直属の上司である石丸は、おそらく彼女に飼われている。

黒革の椅子に身を沈めながら、富永は大きなため息をついた。手のなかの盗聴器を見やる。署長の座にあっても、ここがアウェイであることを思い知らされる。訓示をしたときの意気込みは、今にも消え失せそうだった。

八神はすぐにやって来た。扉をノックして入室する。石丸に電話をかけてから、二分と経っていない。富永がコンタクトを取ってくるのを予想していたかのような動きだった。

八神は富永に、深々と一礼した。

「おはようございます。さきほどの熱のこもった訓示に、署の一員として、大きな感銘を受けました」

富永は椅子に背を預けたままだ。怒るな。感情の乱れが敗北を呼び寄せると、自分に言い聞かせる。

富永は八神の顔を見上げた。

「顔のケガは一体、どうしたんだ」

「申し訳ありません。ゆうべ、帰宅途中に地下鉄の階段で転倒してしまいまして。この非常時に、警察官としての自覚が足りなかったと反省しております」

富永は、ブルゾン姿の彼女の左腕を指さした。

「ぎこちないな。ギプスをつけているのか？」

「受身を取り損ねてしまいまして。手首の骨にヒビが入ってしまいました。医者が言うには、全治三週間らしく」

　八神は目を丸くする。言い当てた富永に、驚愕《きょうがく》の表情を作ったつもりらしい。

　富永は奥歯を嚙み締めた。ずきずきと歯茎が痛む。昔からストレスや疲労が溜まると、歯茎が炎症を起こす。最近は歯磨きをするたびに、おそろしい量の血が口内にあふれる。今も、錆《さ》びた金属のような味がする。

　富永は机に壊れた盗聴器を転がした。

「茶番は終わりにしよう」

「なんのことでしょう」

　八神は無表情で答えた。富永は盗聴器をつまむ。

「これがなにかを、今さら説明する気はない。誰がなんのために、こんなものを部屋に仕かけたのかも問うつもりはない。騒いだところで、仕かけた人間が判明するとは思っていないからな。署の評判だけが地に落ちるだけだ。私の言ってることがわかるな？」

「いいえ。突然のことで、なんの話なのか理解できません」

　富永は盗聴器を机にそっと置いた。

「私は今回の事件を重要視している。かりに捜査が長期化すれば、東京都周辺の治安をいよいよ脅《おびや》かしかねない」

「朝の訓示でも仰っていました」

「そうだ。犯人は、治安を乱すことに快楽を見出した、自己顕示欲の塊のようなやつだ。このままでは、また罪もない人間が殺害される。それを阻止しなければならないんだ」

八神はしばらく沈黙していた。富永の顔を無遠慮にじっと見つめる。ほんの数秒のはずだったが、富永にはやけに長く感じられた。

やがて彼女は静かに言った。

「話したいのはどちらのことですか。そのおもちゃのことなのか、それとも殺人事件なのか。支離滅裂です」

彼女の視線が冷たさを帯びた。富永は緊張で身を硬くしつつ、八神の仮面を一枚剝がせたことに満足していた。

「決まってるだろう。どちらもだ。君がこの連続殺人事件に首を突っこんでいるのは知っている。なぜ熱心にそうするのかは、ここであえて尋ねるつもりはない。その厚顔無恥なケガの理由もだ。この譲歩の意味はわかるな？　つまらん暗闘をしている場合じゃない」

「こちらは争っているつもりなんてないです。最近、なんだかあやしいストーカーにつきまとわれたけど、忙しくて追い払うことさえしなかった。もし誰かと争っていたのだとしたら、そのストーカーを捕らえて、大事《おおごと》にすることだってできた」

「よろしい。我々は争ってなどいなかった。これからも争うつもりはない」

「署長、あなたの望みは？」

「合同捜査本部に加わってもらう。どんな手段を使ってでも、犯人《ホシ》を挙げろ。上野署の署長として、合同捜査本部の副本部長として命じる。抱えている案件は井沢巡査部長にでも引き継いで、さっそく本庁に行ってもらいたい」

「それだけですか？」

富永は机を拳で叩いた。

「まだある。君は捜査本部のメンバーになろうが、なるまいが、どのみちこの事件を追っていた。とぼけるのは止めにして、よく聞くんだ。条件は二つ。私は犯人《ホシ》を挙げろと言った。卑劣な人殺しを裁判にかけて、初めて治安は保たれる。暴力団による私刑などもってのほかだ。もし容疑者が逮捕される前に死亡、もしくは行方不明になった場合、私はあらゆる手段を講じて、君を警察社会から追放してみせる。もうひとつは、君が持っている情報を、捜査本部にすべて提供することだ」

八神の顔を黙って見つめた。ここまで脅しつけたというのに、彼女の瞳からは、なんの感情も見出せなかった。

八神は微笑を浮かべた。

「私を暴力団《マルB》の犬と見なしているわけですね」

「違うというのか？」

「当然よ。あなたは証拠もなく、思い込みだけでものを言っている。争うつもりはないと口にしながら、さっきから恫喝《どうかつ》をやめようとしない。気をつけたほうがいいですよ。署長が被害妄想に取りつかれてる、なんて噂がそのうち立つかもしれないし、今度は盗聴器ではなく、大量のドラッグがここから見つかるかもしれない。あらゆる手段を講じるのは、私だって同じよ」

八神は距離をつめて、富永の執務机を指でつついた。富永は息苦しさを覚える。部屋の空気が急に薄くなったようだ。

この女はやる。八神なら顔色を変えずに、自分の行く手を阻むものをためらわずに排除する。決闘に臨む侍のような濃密な殺気に、自分が圧倒されているのだと気づく。警官であって、警官ではない。なんの気負いもなく、幹部を脅す八神は、明らかに警察社会から逸脱していた。

富永は机の壊れた盗聴器を手の甲で払った。破片のいくつかが、八神の衣服に当たったった。

「悪党がくれる金がそれほど魅力か。違うだろう。なぜ、そんな危険な橋を渡ろうとする。

いや、橋ではなくて崖だ。確実に破滅するとわかっていて、なぜ進もうとする」

「話はこれで終わりですか？」

「あくまでシラを切るのか」

「署長の仰ることが理解できないうえに、ひどく侮辱的で腹を立てているだけ。容疑者の身柄を生きたまま確保し、犯した罪を暴くのが仕事です」

富永は椅子から立ち上がった。身長は彼が上回っている。八神を見下ろした。

「本当だな」

「それと殺人事件の捜査となれば、みんなが情報を共有するのも当然のこと。署長も例外じゃない」

「どういうことだ」

「さきほどの話しぶりだと、私が誰と会っていたのかをよくご存じのようね。その彼らを調べてみるといいでしょう」

「なんだと？」

「捜査本部への出向、たしかに拝命しました。いろいろと準備がありますので、これで失礼します」

八神は頭を深々と下げて話を打ち切った。

「待て」

富永の制止を無視して、彼女は部屋を出て行った。

八神は、自分が接触した人物を調べろと言った。彼はドアを凝視しながら、その意味について考えた。

14

「こいつはどういうことですか」

班長の川上が噛みついてきた。

捜査会議終了後の会議。上野と蔵前の捜査員に加え、さらに所轄の応援が投入され、約八十名の大捜査陣が組まれた。

捜査員たちのほとんどは、すでに出払っている。その誰もが肩に力をみなぎらせて出て行った。犯人から送られたと思しき不敵な挑戦状が、捜査員たちのプライドを刺激した。

それだけに八神瑛子の存在が嫌でも目立った。とくに捜査一課の川上班は苛立《いらだ》っている。連中は、かつて八神の夫の事件を担当し、その死の原因をめぐって八神と揉めた過去がある。

会議終了後、幹部による打ち合わせの場で、川上はやはり食ってかかった。その矛先は、八神を応援に選んだ富永に向けられた。

「なぜです。なぜ八神を応援によこした」

「なにが不満なんだ。こちらとしては、今までと同様に、優秀な署員を送っているつもりだが？」

富永は胸をそらせて答えた。まさか内情を、ありのまま打ち明けるわけにはいかない。

「優秀？　あんた、うちの捜査をめちゃくちゃにする気か」

富永は眉をひそめた。管理官の沢木や幹部たちの顔が凍りつく。数階級上の富永に対して、あまりに言葉が過ぎる。

「班長、君こそ発言には気をつけるんだ。八神警部補は、我が署のエースのひとりだ。この事件の解決のために、組対課からも優秀な応援を投入している。そのように批難される謂《いわ》れはない。これ以上、我が署の署員を侮辱することは許さない」

富永は語気を強めた。川上はそれでも目をそらすことなく、富永を睨み続ける。剣道の全国大会の出場経験を持つ猛者《もさ》で、どんな犯罪者も震え上がりそうな強面《こわもて》の大男だが、不思議と八神と対決したときのような圧力を感じなかった。

「申し訳ありません。言葉がすぎました」

やがて川上は頭を下げた。落胆したように顔をうつむかせる。

彼は上野の殺人事件を受け持ち、署の道場にずっと泊まりこんでいた。その間、彼と多くの会話を交わしたわけではない。しかし富永に一定の信頼を置いている様子だった。珍しく骨のある幹部だと。

事件の重大性をいち早く見抜き、応援には経験と体力を兼ね備えたエース級の刑事を選んだ。富永自身も激務の合間を縫って、捜査会議にひんぱんに顔を見せ、つねに捜査員たちに緊張感を与えてきた。

だが、その信頼関係は崩れた。富永が八神に尻尾《しっぽ》を握られていると、失望しているだろう。八神はこの事件に深く首を突っこんでいる。そして上野署には彼女の協力者や仲間が大勢いる。ホームタウンで好き勝手にうろつかれるくらいなら、いっそ彼女をアウェイの捜査本部に引きずりこんだほうが、動きを牽制《けんせい》できる。

八神が危険なのを誰よりも認識しているがゆえの決断だったが、その真意を川上にわかってもらうつもりはなかった。

管理官の沢木が口を挟んだ。

「身内びいきというわけではありませんが、川上班長の気持ちもわかります。これだけの大所帯ともなれば、ほんのちょっとの乱れが、捜査の遅れやスジの読み違いを生みかねない」

「あなたも、八神の夫の件は知っていましたか？」

沢木は首を振って答えた。

「当時、私は別の班を指揮していました。彼女が川上班と揉めているのは知っていましたが。彼女は強硬に他殺説を唱えたらしいですね。夫をああした形で失くせば、取り乱すこともあるのかと」

川上がぼそりと口を挟んだ。

「……これだけは言っておきます。あいつは危険です」

富永は咳払いをした。

「過去の遺恨はどうあれ、彼女が優れた刑事であることには変わらない。例の映像を持ってきたことでもわかるとおり、類まれな情報収集能力を有している」

もっともそれは、違法捜査と黒い癒着のおかげだろうが。その言葉を呑みこんだ。

八神は土産をぶらさげて、捜査本部に加わった。第二の被害者である林娜と思しき女性が、違法ポルノのモデルとして登場しているという。八神が暴力団員から入手した情報だ。彼女は動画のファイルが収められたＤＶＤを提出した。

捜査会議は奇妙な空気に包まれた。被害者の足跡を明らかにさせる手がかりとはいえ、違法ポルノを警視庁の施設内で、大人数の刑事が観賞した。

モデルの顔がアップになったところで、捜査員たちの間でどよめきが起きた。詳しくは鑑識の映像分析班で調べられる。しかしその結果を待つ必要はない。そこに映っていたのは、林娜とほぼ断定できた。ホトケとなった女性の生々しい性を見せられ、捜査員らは複雑な表情を浮かべるしかなかった。

犯人の特定以前に、まずは被害者の林娜に関する情報を集めなければならなかった。エステ店の従業員に従事する前、日本国内でどんな日々を過ごしていたのかを、同僚である中国人従業員に尋ねたところで、かんばしい答えは返ってこなかった。

林娜がエステ店で売春を行っていた事実は摑んだ。だが事件当時、店長は店で働いていたが、従業員が路上で殺害されたと知ると、業務を放っぽりだして行方をくらましてしまった。押収した店のパソコンと書類から、実質上の経営者は、新橋一帯で似たようなエステ店を所有している台湾人と判明するも、その男も管理売春でパクられるのを逃れるために、今も姿を消している。そのため、訪日してからの林娜がどこで生活し、どこで働いていたのか。過去を辿《たど》れずにいた。

捜査本部は、テレビ局に送りつけられた挑戦状もあり、女性を狙う無差別殺人犯という犯人像のもとに捜査を展開している。だが、あらゆる角度から事件を検証するためには、材料がまだまだ不足していた。

「これだけの大所帯だ。いがみ合いのひとつや二つあって当然だろう。まったく波風の立たない現場のほうが、見ていておそろしくなってくる」

それまで黙っていた刑事部長の能代が、銀縁のメガネを布で拭きながら口を開いた。合同捜査本部の本部長でもある。

富永と同じくキャリアであり、大学の遠い先輩にもあたる。狸に似た丸顔は、漁師のように赤銅色に焼け、薄くなった灰色の頭髪には寝癖がついている。容貌は最高学府出身の高級官僚というよりも、田舎に君臨する政治家に見えた。ときおり言葉から、出身地の東北訛《なま》りが漏れる。能ある鷹は爪を隠すタイプで、長いこと捜査二課の課長として辣腕をふるい、大手銀行の不正経理や、有名ＩＴ企業の粉飾決算など、大きな案件を料理している。

その能代が続けた。

「おれが捜査一課《ソウイチ》にいたころはもっとひどかった。もう昔のことだけんどよ。班同士が手柄争いに燃えまくってて、他の班のやつと口を利こうものなら、先輩刑事から大目玉を食らったもんだ。『なんで、あんな野郎と仲よくしてんだ』ってよ。まるで女学生のケンカだ。それに比べたら、今はちょっと仲がよすぎる」

川上が抗《あらが》った。

「捜査手法をめぐっての論争や、手柄争いなら問題はありません。私は、あいつが足を引っ張るはずと言ってるんです」

「その八神女史はだ。なんだってそんな意味のねえことをする。お前らに嫌がらせをしたいからか？」

能代は、拭き終えたメガネを電灯にかざした。

「その旦那の件をよく知らないが、それこそ捜査手法をめぐる論争ってもんだ。八神女史は女史なりに、真実を追究しようとしたんだろう。だいたい、それから何年経ってるんだ。本気で恨んでいるとしたら、いつまでも刑事《デカ》なんか続けてるわけがないだろう。刑事部屋《デカべや》の空気なんて吸いたくねえはずだ」

「八神は捜査本部《ホンブ》に入る以前から、この事件《ヤマ》を熱心に調べていました。林娜の刺殺事件が起きた当日、あいつは蔵前署に出向き、日朝《にっちょう》新聞の韮崎から、事件について根掘り葉掘り訊いていたんです」

二人のやり取りを富永は見守るしかなかった。八神を危険視しているのは、富永も同じだ。だが、こうして本部の捜査員として推薦した以上、不本意ながら八神をかばわなければならない。

能代は片方の眉をあげた。

「見上げた根性じゃないか。上司や周りがなんと言おうと、臭いもんは臭い。ひたすら悪党を捕まえたいってことだろう。昔はこういう向こう見ずな先輩がわんさかいたんだな。もしかすると、捜査一課《ソウイチ》に入りたいんじゃないか？　旦那の死をバネに、本当の殺しの捜査を、お前たちに見せてやると意気込んでるのかもしれん」

「部長」

川上は目に強い光を宿らせた。能代の物言いは、川上の自尊心をこのうえなく刺激している。

メガネをかけ直した能代の目は鋭かった。

「勘違いするなよ。お前さんが追いかけるのは同僚じゃねえ。犯人《ホシ》のほうだろう。八神女史は捜査本部《ホンブ》の仲間入りと同時に、さっそく獲物を持ち帰ってきたんだ。チームワークだの仲間意識だの、女々しいことを言う前に、さっさと結果を出せ」

「……わかりました」

川上は唇を震わせた。悔しさのあまり、顔を赤くさせる。

富永は手をあげた。なに食わぬ顔で提案する。

「こういうのは、いかがでしょう。川上警部補とうちの八神を組ませてみては？」

川上は口をポカンと開けた。能代が手を叩く。

「そいつはいい。花も実もある名采配ってやつだな。鬼の班長と、切れ者の八神女史が組めば、怖いものはねえ。お互いに刺激になるんでねえか。もとは大学剣道部の仲間だったんだろう。このさい、一緒にタッグを組んでみたらいい」

富永はうなずきつつ、能代に対して舌を巻いた。一介の現場指揮官と所轄刑事の人間関係を正確に把握している。

管理官の沢木が割って入る。

「ちょっと待ってください。班長が現場に出てしまっては、指揮の処理能力の低下を招くことになります」

能代は手をひらひらと振った。

「そいつは逆だぜ、沢木ちゃん。こういう大規模の捜査じゃ、船頭ばかりが多くなって、物事の判断に時間がかかっちまう。二つの班長に管理官。所轄の刑事課長と警察署長。それに捜査一課長やおれまで加わっている。偉そうな肩書きがついた人間が加われば、どうしたって慎重になりすぎて及び腰になっちまう。あれこれと会議室でくっちゃべってばかりいて、犯人《ホシ》に凶器の刃を研ぎ終える時間を与えちまうもんだ」

能代と沢木がやりあっている間、当の川上は富永をじっと見すえていた。

富永の考えが伝わったようだった。彼に目で命じる――八神を徹底的にマークしろ。

署長室で八神は富永に言い放った。犯人を暴力団に売るつもりなどないと。

だが、それでは千波組のほうが黙っていないはずだ。自分の宣言をあっさり反故にして、犯人を連中に売るかもしれない。富永の脅しなど屁とも思わずに。盗聴器やスパイ戦を経て、休戦協定を結んでもなお、八神の真意が見えなかった。

「わかりました」

川上は打って変わって落ち着いた調子で言った。

「部長の仰るとおり、円滑に捜査を進めることばかり考えすぎていたのかもしれません。八神警部補とともに、貪欲に結果を求めていきたいと思います」

15

瑛子は駅の女子トイレに入った。

個室に入る。洋式の便器は不潔で、縁についた人糞が悪臭を放っている。千切られたトイレットペーパーが床を覆いつくしていたが、彼女はかまわずに、紙を踏んづけながらなかにこもった。

携帯電話を取り出す。英麗からメールが届いていた。内容は極めて簡潔。〈吐いた〉と、記されてあった。

英麗に電話をかけた。

「メール読んだわ。ご苦労様」

〈思いのほか、手間取っちゃった。あいつの根性だけは認めてあげる気になったわ。往生際が悪いだけの馬鹿かもしれないけれど。好き放題に暴れて死に急いだかと思えば、こっちに捕まったとたんに死から全力で逃れようとする。楽にしてやると言ってあげてるのに、無駄な苦痛をたんと背負うの。わけがわからない〉

英麗は食事中のようだった。なにかを咀嚼しながら喋っていた。

「それでも、たった半日でギブアップさせたじゃない。願いが叶ったでしょ」

〈笑えたのは最初だけよ。たしかにあれだけの悪たれが、素っ裸で転がされてるのを見たら、誰だって喜んじゃうけど……要するに一発屋の芸人みたいなものね。初めは涙が出るほど大笑いしちゃうけれど、だんだん飽きてくるし、腹まで立ってくる。つきあったのは初めだけで、あとは事務所でDVD見てたわ。映画を三本くらい、一気に見ちゃった〉

「それで林娜さんの過去は、どんな感じだったのかしら」

瑛子は本題を切り出した。ケータイを握る左手がずきずきと痛んだが、その手首の骨にダメージを与えた男には、もはや大して興味はなかった。

〈そうそう。たくさんのお水と一緒に、吐いてくれたわけなんだけど、林娜さんは郭在輝《グォザイフウイ》の情婦《オンナ》だったみたいね〉

「誰？」

〈郭在輝。ひとことで言えば実業家。この意味わかる？〉

「つまり、あなたと同じ人種」

〈あまり一緒にされたくはないけど……まあいいわ。私の死んだ情夫《オトコ》と同じで、蛇頭の幹部だった男よ。昔は中国人を大陸から不法入国させて荒稼ぎしてたんだけど、最近は中華料理店のフランチャイズを手がけたり、カラオケボックスや居酒屋の経営に勤しんでる。都内のあちこちにクラブを持ってて、大陸から遊びにやってくる金持ちの中国人相手に、女をあてがったりして稼いでる男ね。林娜さんは、そういうやつの愛人だったわけだけれど、わりとすぐに飽きられて、馬岳に売り飛ばされたみたい〉

「その郭さんだけど、シノギとして裏でポルノ撮影をしていなかった？」

〈馬岳をいくら小突いても、知らないようだった。郭が女好きなのは有名だけど、そのあたりは私もよくわからない。ポルノの撮影だなんて。そんな仕事をしていれば、私の耳にも入るはずだし。スカウト会社でも作るのならともかく、裏ビデオの撮影なんてやったところで、すぐにコピーされるだけで、お金にならないうえに、警察にも目をつけられるから、なんの得にもならないと思うけど〉

「ともかく会ってみなきゃね。郭さんとは、どこに行けば会えそう？」

〈恵比寿に行くといいわ。そこに、あいつのオフィスがあるから〉

英麗は詳しい連絡先を教えてくれた。瑛子は脳にそれを刻みこんだ。

「ありがとう。馬岳さんにもよろしく伝えておいて」

英麗の笑い声を聞いてから電話を切った。

瑛子は個室のドアを開け、手を洗って女子用トイレを出た。入り口の近くでは、川上が待っている。苛立った様子で、膝を揺すっていた。

「遅いぞ」

「すみません。急に電話がかかってきたもんですから」

瑛子は頭を下げる。本来なら、別の刑事と組むことになっていた。だが事情がいきなり変わった。組む相手が川上に変わったのだ。

おそらく富永の企みだ。今度は川上に見張りをさせるつもりらしい。争いをしている暇はないと言いつつ、監視の手を緩める気はなさそうだった。彼との戦いは長くなるだろう。

川上が尋ねる。

「どこからだ。私用じゃないだろうな」

瑛子は川上の顔を見上げた。捜査をすみやかに進めるためには、ある程度、彼にも情報を分け与えておく必要がある。

「林娜の過去が、また少しわかるかもしれません」

「本当か？」

「熱心な情報提供者からです。林娜がエステ店にやって来る前に、どこで暮らしていたのかを教えてくれました」

「その提供者とやらは誰だ」

「教えられません。提供者のプライバシーを護《まも》るのが条件ですから」

「そのケガも、さしずめ情報を得るための、名誉の負傷といったところか」

「これは階段で転倒しただけです」

「どうだかな。お前の言葉は嘘にまみれている。昔はそんなんじゃなかった」

「そんなことはどうでもいい。私ではなく、今は犯人《ホシ》を追いかけましょう」

川上は顔を露骨にしかめた。二人がいるのは東京メトロの湯島駅の通路だった。

「どいつもこいつも……それで、どこに行けばいいんだ」

「よろしいんですか？」

本来なら上野で殺害された向谷香澄の住居周辺で、訊きこみを行う予定だった。

川上はこの事件の捜査指揮官であり、瑛子はその所轄の刑事だ。向谷香澄の交友関係を洗うように本部から指示されていた。

「班長のおれがいいと言ってるんだ。かまわねえよ。ぶつかり合おうが、チームワークに多少の乱れがあろうが、とにかく獲物を持って帰れと命令されてるんだ。それに香澄お嬢ちゃんの近所なら、徹底して洗った。今さら、なにも出てきやしねえよ」

川上はふて腐れたように口を歪めた。会議後の打ち合わせで、上からかなりやり込められたようだ。おおかた、瑛子自身の本部入りに対して異議を唱え、反対にお偉方から叱り飛ばされたのだろう。

湯島駅から地下鉄を使った。英麗が知らせてくれた恵比寿の住所には、近代的な銀色のオフィスビルがそそり立っている。大きくはないが、デザイナーが意匠をこらしたような円柱形の建築物だった。郭はそこの最上階のフロアを借り切っている。

郭の会社のオフィスは、ビル同様に洒落《しやれ》ていた。壁の一面はガラス窓になっていて、外の通りを見下ろせる。グレイの絨毯《じゆうたん》と青みがかった白色の壁。社員の数は多くないが、ひとりひとりの机は大きい。モダンなカフェに足を踏み入れたかのようだ。

受付のテーブルには、郭が手がけていると思しき中華レストランや居酒屋、カラオケボックスやダーツバーといった飲食店のパンフレットが並べてあった。

瑛子らは手帳のバッジを見せて、受付の女性に身分を明かした。アポは取っていない。今回の捜査では、林娜が勤めていたエステ店の店長とオーナーに逃げられている。郭も逃亡しないとは限らなかった。

いきなり刑事が訪れたとなれば、たいがいの人間は表情を凍りつかせる。しかし女性は涼やかな顔で一礼すると、二人を応接室へと通した。そこもやはり壁一面がガラス窓になっていて、恵比寿の街を一望できた。

「社長の郭《カク》は、ただ今商談中でして。いつ終わるのかは、はっきりしておりませんが、それまでお待ちいただいてよろしいですか？」

受付の女性が訊く。日本人のようだった。特大のグレープフルーツをシャツのなかに入れているような、立派な胸の持ち主だった。

瑛子が言った。

「もちろんです。突然、ご無理言って申し訳ありません」

受付嬢が去った後に、川上が耳打ちしてきた。

「おれたちが来るのを知っていたようだな」

「そのようですね」

瑛子はうなずきつつ考えた。郭は殺害された林娜を、かつては愛人としていた。警察がその事実を掴むのは、時間の問題と踏んでいたのかもしれない。

一時間近く経ってから、郭は応接室にやって来た。アポなしにしては、短い待機時間で済んだといえる。

ドアを勢いよく開けて入ってきた郭は、均整のとれたガタイのいい四十代の男だ。

「お待たせして申し訳ありません。はじめまして。郭《グオ》と言います。わざわざお越しいただいて恐縮です」

訛りはひどかったが、正確な文法で挨拶した。シルエットの濃い紺色のデザイナーズスーツ。ピンストライプの細いネクタイを締めている。

前頭部の頭髪は薄く、やけに額が広い。精力がいかにも旺盛なようで、その額はワックスでも塗ったようにテカテカと輝いている。格好こそは、オフィスと同様に洒落た装いで固めていたが、眉はマジックで描いたように太く、手の甲の体毛がクマみたいに濃い。目と目の間が離れていて、お世辞にも男前とは言えなかったが、野性味を全身からにじませていた。

瑛子と川上は名刺を渡して、改めて身分を名乗る。ソファに座ってから、川上が切り出した。ゆっくりとした口調で。

「いえ、こちらこそ。大変お忙しいところ、申し訳ありません。我々は浅草橋で発生した殺人事件を捜査しておりまして」

郭が軽く手をあげた。

「ふつうに話していただいて結構です。聞き取るのは得意ですから」

瑛子はバッグに入れていたクリアファイルを取り出した。なかには林娜の写真を挟んでいる。それをテーブルに置く。

川上が訊いた。

「では、この方をご存じですか？」

郭は写真に目を落とした。顔を曇らせつつもうなずく。

「今、都内を騒がせている殺人事件の被害者でしょう。私のかつての恋人でもあった」

「恋人だったのですか」

「そうと知って、いらっしゃったのでしょう？　ニュースで知って……とにかく驚きました。刺されたのが彼女だとわかって。事件を知ったときは、私のほうから警察に出向こうと思ったくらいです。今となっては言い訳がましいんですが。犯人逮捕のために協力したかった」

郭は自分の胸に手をやり、悲しげに目を細めた。

川上は、郭の太い指に目を落とした。郭は左の薬指に、金のリングをはめている。

「ご結婚されているんですね」

「はい。つまり、そういうことです」

郭は応接室のドアや窓にちらちらと目を走らせた。刑事と自分以外に誰もいないのを確認する。「でも、けっきょく警察には行けなかった。私には家庭があります。二人の娘と、それにナイーブな性格の妻が。警察が、きちんと秘密を守ってくれるのかも不安でした。なにしろ私の国には、悪い警官がぞろぞろいます。うっかり大事な秘密を打ち明けようものなら、逆にそれを脅しのネタにして、少しでも金を持った人間から掠め取ろうとするやつばかり。それで、どうしても動けなかった」

「でも、今はこうして素直に打ち明けている」

「動けずにはいましたが、誰かがやって来るのは、時間の問題だとも考えていました。日本の警察は優秀ですから。会社の者にも、もし刑事さんが見えたら、お通しするように伝えていたんです」

瑛子はメモ帳に郭の発言を書き留めた。主な質問は川上に任せる。

瑛子自身も質問したいことは山ほどあった。しかし川上が横にいる以上、今は黙っているしかない。彼には、郭を実業家とだけしか伝えていなかった。

川上は相槌《あいづち》を繰り返した。

「気持ちはお察しします。秘密に関しては、絶対に守ります」

「そうでしょう。それに彼女と交際していた事実を知られている以上、口を閉ざしている意味はありませんからね」

「ご協力感謝します。では、事件当日について訊きます。午後三時から五時までの間、どちらにいらっしゃいましたか」

「アリバイですね。そのときは新宿のホテルの中華レストランにいました。取引先と飲茶《ヤムチャ》をしながら、ずっと打ち合わせです。あとでレストランの名と、その打ち合わせに同席した者の名前を詳しくお教えします。相手は輸入食材を手がける食品会社の人たちです」

郭はすらすらと語った。待ち構えていただけあって、あらかじめ答えを頭に叩きこんでいたようだ。

川上は言った。

「ご自分も、レストランをいくつも経営されてますよね」

「ええ。ただあのときはよその店の敵情視察もかねて、新宿にセッティングさせてもらいました。味がいいと評判で、わざわざ香港や広東省からも、料理人が視察に訪れるところでして」

「林娜さんと最後にお会いしたのは、いつになりますか」

郭はつらそうに息を吐く。

「二ヶ月前です。ちょっとしたことでケンカとなって、彼女が家を出て行ってから、一度も会ってはいません」

「家と言いますと？」

郭は口ごもった。川上が念を押す。

「心配いりません。秘密は守ります」

「わかっていても、つい不安になって」

郭は唇を舐めてから打ち明けた。「家というのは、麻布にあるマンションです。部屋の名義人は私で、彼女をそこに住まわせていました。赤坂のクラブで働いていた林娜と出会って……当時の彼女は、練馬の古くて小さなアパートでルームシェアをしながら暮らしていました。そこで部屋を提供したんです。職場からも歩いて行けるほど近いですから」

「つまり、彼女のパトロンだったわけですね」

「……そうです。彼女に部屋を提供したのは、だいたい五ヶ月前くらいでしょうか」

「しかし彼女はあなたのもとを去った。さしつかえなければ、そのケンカの原因について訊かせていただけますか？」

郭は椅子の背もたれに身体を預ける。中空をぼんやりと見つめる。

「原因自体はささいなものです。こういうのは、なんて言えばいいんでしょうね。すれ違いというか、ボタンのかけ違いというか。中途半端な気持ちで、彼女をその……囲ったわけではないんです。クラブで出会って、一目惚れですね。彼女のほうも私のことを好いてくれて。出身地はまったく違いますけれど、私のほうが彼女の故郷を知っていたんです。貴州省の山奥にある小さな町で、食材の買いつけのために、そこまで何度か出張したことがありましたから。それがきっかけで、彼女と仲良くなりました」

「なるほど」

「しかし……愛の巣を用意したところまではよかったんですが、毎日のようには通えません。仕事は多忙で、なにしろ家庭もある。会えるのが一週間に一度、なんて時期もありました。三郷で新しい店舗を開くために、ずっとその準備に追われていて、彼女の愛にしっかりと応えられなかった。要するに、二号さんを持つほどの度量というんですか、それが私にはなかったということです。会いに来ないことを責められて、徹夜続きでヘトヘトだった私も、ついカチンと来てしまった。それでケンカとなって、あとは売り言葉に買い言葉です。『出て行け』と、思わず怒鳴ってしまった。彼女はすぐに荷物をまとめて出て行きました」

「その後、連絡は一度も？」

「私のほうからは、何度も電話をしました。何度もね。だけど、すぐに着信を拒否されてしまって。会社の固定電話からかけようと思いましたが、そんなストーカーみたいなことをしても仕方がない。林娜は優しい人でしたけれど、頑固なところがあります。半ば諦めた気持ちで、彼女からの連絡を待っているうちに、この事件が起きたというわけです」

「そうでしたか。もうひとつ、林娜さんに関する質問があります。よろしいですか？」

「なんでも訊いてください」

川上は間を置いてから尋ねた。

「彼女が違法ポルノのモデルをしていたことはご存じですか？」

「ポルノ……アダルトビデオということですか？」

郭は眉をひそめた。

「アダルトビデオとは違って、非合法に流れているものです。知っていましたか？」

「いやあ、まさか。どこで、そんなものが出回っているのですか」

「非合法なものですから、詳しい入手先は教えられませんが、そうした動画が、ある方面で出回っていたのは事実です」

「林娜に間違いないのですか」

「その動画を入手したのは、ごく最近のことです。詳しい分析結果はまだわかってはいませんが、顔や体型だけでなく、ホクロや痣の位置が、林娜さんと一致することを考えると、同一人物と断定してもかまわないと思います」

「そうですか……」

郭は目を潤ませながら顔をうつむかせた。川上が気遣うように言った。

「少し休みましょうか？」

「大丈夫です。ショックを受けたわけでも、彼女に失望したわけでもありません。ただお金を稼ぐために、そこまで必死だったかと思うと不憫《ふびん》に思えて。彼女は貧しい町の出身で、学歴だって満足にありません。スキルとお金の両方を得るために、だいぶ無理をして日本にやって来ました。日本語を修得しておけば、本国に帰ってからもなにかと重宝がられますから。私もそうです。二十年前にこの国に来ました。そのころの故国はまだまだ発展途上で、貧しい親兄弟を養うためなら、なんでもしました。皿洗いやキャバレーのボーイ、ラブホテルの清掃、ゲイバーで働いていたこともあります。

だから、彼女がなにをしてお金を稼いでいようと、そんなに驚くことではないです。最後に勤めていたエステ店も、そういう性的なサービスをしていたところだと聞いてます。たとえ身体を売るような仕事だったとしても、それで彼女を蔑んだりはしません」

「ただ、撮影された時期を未だ特定できずにいます。あなたが交際している間、なにか外見に変化はありませんでしたか。たとえば髪型を変えたり、マニキュアを塗ったり」

「どうでしょう。私が知っている彼女は、ずっと同じでした。髪型にしても、自分の長い黒髪を自慢に思っていましたから。パーマをかけたり、色を変えたりはしていなかった。マニキュアで爪を染めるのも好まなかった」

「そうなると、あなたと交際されている間に、撮影がなされた可能性もあるということになります」

郭は唇を嚙んだ。

「なかったとは言い切れません。さっきも言ったとおり、仕事に追われたり、子供の面倒を見たりで、ずっと彼女の近くにいたわけじゃないですから。なにしろ、彼女には病気の父親と貧しい兄弟がいます。私というパトロンがいても、もうひと稼ぎするためにバイト感覚で、そのモデルの仕事を引き受けたのかもしれない」

瑛子が、バッグから別のクリアファイルを取り出した。

「ビデオの一部をプリントアウトしたものです」

裏ビデオに出ている林娜の写真を見せた。開始して三十秒が経過したところの映像だ。ピンクの看護服を身につけた彼女が、部屋の壁を背にして立っている。

郭は額に手をやって呟いた。

「なんてこった《ウォデティアンァ》」

「なんですか？」

中国語を知らない川上が尋ねた。

「失礼。驚きました……まちがいありません、彼女です。こうした姿を実際に見せられると、なかなかつらいものがありますね」

「映っている部屋に見覚えはありますか？」

写真に映っているフローリングの部屋。中央にキングサイズのベッドが置かれている。窓はカーテンに覆われていて、外の風景はわからない。

郭は食い入るように見つめていたが、大きなため息をついて答えた。

「わからないです。見覚えがない」

「衣服も？」

郭は力なく笑った。

「初めて見ました」

郭は交際の事実を認めたが、自身のアリバイについてはすらすらと述べ、それ以降は首を横に振り続けた。裏ビデオや最近の林娜の暮らしや行動については、なにも知らないと言い張った。

川上はとくに粘ろうとはしなかった。矛盾や綻びを見つけられるほど、強力なカードを持っているわけではない。

林娜が在籍していたという赤坂のクラブや、そのころに彼女と交友のあった中国人ホステス嬢の名前を聞き出した。過去がまるでわからなかった彼女の姿が徐々に鮮明になりつつある。進展が見られたにもかかわらず、川上の瞳には不審の色が渦巻いていた。

ひとしきり聞き終えた川上と瑛子は、ソファから立ち上がった。

「ご協力感謝いたします。つらい質問ばかりして、申し訳ありません。今日はこれで失礼しますが、また近々うかがうことになるかもしれません。なにしろ、林娜さんを知る人物がこの国には少ない」

郭は手を差し出した。川上と握手を交わしながら、微笑を浮かべる。新興の経営者らしい自信に満ちた笑みだ。

「いつでも来てください。私にできることであれば、なんでもお手伝いをします」

次に郭は瑛子に手を差し出す。彼女の手を握りながら、郭は顔の傷を不思議そうに見つめた。それから袖から覗く左手首の包帯を見やった。

「おや、そのケガは、どうされたんですか？」

「ああ、これは……帰宅途中に転んだだけです」

「失礼しました。てっきり、犯罪者と戦ったときに負った傷なのかと思いました」

「公務とは関係ありません」

郭は意味ありげに目を細めた。

「そうでしたか……明日《ミンティアン》の午後十《シイ》一時《イーディアン》に会い《ジャン》ましょ《ミアン》う《バ》」

瑛子は思わず郭の顔を見つめ返した。横にいる川上が怪訝な表情になる。すかさず郭が補足する。

「日本語で言うなら、〝痛いの痛いの飛んでいけ〟という意味の言葉です。早く治るといいですね」

「ありがとうございます」

瑛子は平静を装って答えた。やつは瑛子を知っているようだった。それゆえ、彼女にだけ通じる言語で話しかけたのだ。

日本社会に溶けこんだ善良な中国人富裕層。怖い女房の目を盗んで愛人を持ったが、見事に失敗した小心者のビジネスマン。それを演じた郭と別れ、二人はオフィスを出た。

エレベーターのなかで川上がぼそっと言った。

「極道の目をしてやがったな」

捜査一課《ソウイチ》の班長だけあって、川上は鼻の利く猟犬だ。いくらカタギのフリをしても、悪党の臭いは隠せない。

やつは瑛子を知っていた。彼女のほうも、やつの姿が徐々に見えつつあった。

裏ビデオに映っていた林娜。彼女と性交していた裸の男は、まるでクマのように体毛が濃かった。

郭が差し出した手も同様に毛深かった。

16

合同捜査本部の初会議の翌日、署の隣の区役所にいた。昼からの防犯対策懇談会に出席していたのだ。

仕事こそが生きがいと自覚している富永だが、区役所の会議室までの足は重かった。区の住民や教師たちと防犯について話し合う会合。今回は住民による糾弾の場と化すのは目に見えていた。彼らの怒りや要望を、しっかり受け止めるのも署長の仕事だ。しかし、それで貴重な時間が奪われるのがつらかった。

ＰＴＡの役員をしている中年女性が、不満顔でくどくどしく訴えている。他の役員が、コンビニへ買い物に行くようなラフな格好なのに対し、彼女はフォーマルな赤いスーツで固めていた。

「だいたい警察は一体なにをやってるんですか。この街には、たくさんの防犯カメラだってあるんだから、犯人はすぐにわかるはずじゃありませんか。それなのに、どうして今日まで捕まらないのか、私には不思議でなりません」

他の役員たちが賛意を示すようにうなずく。上野署の地域課長が頭を低くしながら答えた。

「その点につきましては、商店街からもご提供いただいたカメラのデータを含めて、引き続き分析を続けているところです」

「そういうことではなくて、いつ捕まえてくださるのかと、うかがっているんです」

「いつまで、とは申し上げられません。しかし警視庁は最大限の人員を割いて、この事件の捜査に全力であたっています。上野署といたしましても、地域課全員が二十四時間体制でパトロールを行っています」

他のＰＴＡの役員が手をあげた。トレーナーを着た小太りの三十男。浅草通りで仏壇屋を営んでいる若旦那だった。呆《あき》れたように露骨なため息をついた。中年女性の演説に影響されたのは明らかだ。

「子供たちの送り迎えや地域のパトロール……私たち保護者もできるだけのことをやっているんです。犯人から挑戦状まで送りつけられて、完全に警察は舐められているんですよ。ただでさえ、昔からホームレスや怪しい流れ者がうろつく土地柄なんだ。もっと必死になってくれないと、なんのためにきちんと税金を納めているのか、わからないじゃないですか」

中年女性が涙目で訴える。

「はっきり言いますが、これは職務怠慢と言われても仕方がないことだと思います」

地域課長は彼らの発言に、ただすまなさそうに肩を落として耐えていた。普段から富永や副署長から叱り飛ばされている男で、重用すべきでない小役人というのが、彼に対する富永の人物評だったが、それでも嵐をやり過ごすためのこの神妙な動作には、一目置かざるを得なかった。他人にへりくだれない富永には、真似できそうにない職人技だとすら思う。

富永にしてみれば、市民としての自覚がないPTA役員らの理屈など、簡単に論破はできる。だが、その間に生まれるであろう反感や、ヒステリーにつきあう気にはなれなかった。

サンドバッグと化した地域課長が、青い顔をさせながら頭を下げた。テーブルに頭髪をこすりつけそうな勢いだ。

「小・中学生の登下校時や通学路を、重点的に巡回するよう指示を出しております。みなさんのご協力には、こちらも大変感謝しています。非道な犯人を逮捕するためにも、あともう少しだけ、どうか我々に力をお貸しください」

富永も頭を下げた。ポケットに入れていたマナーモードのケータイが、この話し合いの最中に何度も震えた。早く署に戻りたかった。

会合が終わると、富永は早々に区役所を出た。署の道場に入る。そこは捜査員たちの仮眠所となっていたが、捜査本部が警視庁に移ってからはガランとしている。人気はない。

そこで携帯電話を確認した。盗聴器を仕かけられた署長室で、電話をかける気にはなれなかった。

道場の窓からは、区役所の玄関が見える。そこでは地域課長がケロッとした顔で、タバコをうまそうにふかしていた。顔色もすっかり戻っている。

ケータイの着信履歴には、沢木管理官の名があった。彼に電話をかける。

「富永です。どうかしましたか」

〈お忙しいところ、申し訳ありません。富永署長からうかがった情報《ネタ》をもとに、本庁の組対課の協力のもと、あの暴力団《マルB》を洗ったところ、興味深い事実がわかりました。本来なら、翌朝の会議でまとめて報告したかったのですが、署長にはすぐにお伝えしたいと思ったものですから〉

いつもは冷静な沢木が昂奮していた。その声を聞き、会合での倦怠《けんたい》が吹き飛んだ。

「千波組の戸塚の件ですか」

〈そうです。やつは六本木で会員制クラブを経営してます。そこには、ＩＴ長者や企業経営者の御曹司だのが集まり、彼らが派手にばら撒く金を目当てに、多くの芸能人やスポーツ選手もつめかけていました〉

「御曹司……たしか向谷香澄が過去に交際していた人物のなかに、その手の男がいましたね」

〈ええ。野村浩太《のむらこうた》。パチンコチェーンの経営者の息子で、派手に遊び回ってるボンボンです。

やつはその会員制クラブの常連でした〉

野村は、向谷香澄の恋人だった男のひとりだ。大学の有名人だった香澄は、多くの男と浮き名を流している。野村のような富裕層や若手経営者、舞台俳優やJリーガーと、とっかえひっかえで相手を変えていた。野村との交際期間は約半年。今年の初めから夏までのつきあいだったことがわかっている。

当初、捜査本部は野村を疑っていた。甘やかされて育てられ、三十を過ぎても親の小遣いをねだって生きる寄生虫だ。大学時代に大麻で捕まり、MDMAのやりすぎで、病院に担ぎこまれたこともある。

沢木が続けた。

〈向谷香澄と野村は、いわば似たもの同士でした。向谷は大物ヤクザの娘で、野村は巨大チェーンの息子です。どちらも親からは溺愛《できあい》されてましたからね。お互いにシンパシーを抱いたのかもしれません。ただし、関係は長く続かなかった。野村のほうが、だいぶ彼女にご執心だったらしいです。原宿のイタリアンレストランで、向谷から別れ話を切り出されたときは、取り乱した野村が大声で暴れ、店のオーナーから注意されています。なにかドラッグをキメていたんじゃないかという証言もありました〉

「覚えてますよ。向谷が殺される三ヶ月前、野村は、何度か恫喝めいたメールを向谷香澄に送っている。しかし事件当日、野村にはしっかりとしたアリバイがあった」

向谷香澄が刺殺されたとき、野村は新宿にある小さな洋食レストランで、友人と夜遅くまで食事をしていた。友人とレストランの店主の両方から証言を得ている。

〈戸塚らに関しては、もうひとつ興味深い話題があります〉

「なんです？」

〈戸塚は千波組内で、もっとも成功した幹部でした。ＩＴのベンチャー企業に投資し、具体的な数字は摑んでませんが、数十億もの利益を上げたと言われてます。やつはそれで得た金をさらに増やすために、国内外の不動産市場に注ぎこんでいましたが、世界金融危機で大きなダメージを負ったらしく、所有していた株や不動産を手放さざるを得なくなっていたようです〉

「つまり、戸塚の経済力にも翳《かげ》りがでていたということですか」

〈戸塚はその財力で、千波組内に一大勢力を作り上げました。本庁の組対課によれば、千波組の実質的なトップは、組長の有嶋ではなく、この戸塚だという意見が業界内にはあるほどです。しかし、金という神通力が消え失せ、今のやつは土俵際に追いこまれている〉

「この戸塚と野村。さらに洗う必要がありますね」

〈ええ。ここから突破口が開けるかもしれません。それも富永署長のおかげです。またなに

かわかりましたら、ご連絡いたします〉

沢木は強い感謝の意を示して電話を切った。

複雑な気分だった。確かに富永は、このヤクザを洗うよう沢木に指示していた。

――さきほどの話しぶりだと、私が誰と会っていたのかをよくご存じのようね。その彼らを洗ってみるといいでしょう。

脳裏に浮んだのは、署長室でそうほのめかした八神瑛子の姿だ。おもしろくはなかったが、八神の指示に従った。

彼女は様々なアウトローたちと通じている。劉英麗や甲斐道明のような情報提供者を除けば、洗うべき人物といえば、千波組の若頭補佐である戸塚譲治しかいない。

――情報元《ネタ》は故あって明かせないが、洗ってほしい人物がいます。

昨日の合同捜査本部での打ち合わせが終わった後、富永は沢木を庁内の喫茶室に呼び出して依頼した。戸塚を洗うようにと。

富永は話をぼかして伝えた。署内のある刑事が、捜査情報を売ってくれないかと、戸塚から依頼された。刑事は断り、署長である富永にそれを報告した。ディテールこそ異なるものの、八神がリークするように戸塚から依頼されたのは事実だ。

物腰の柔らかい沢木だったが、富永の打ち明け話を耳にするうちに、殺人事件のスペシャリストらしく、瞳をギラギラと輝かせた。

沢木は言った。

——大変、興味深い。今回の被害者が、千波組の組長の娘ということもあり、組内の人間関係や内部事情を、本庁の組対課から聞いてましたが、その戸塚という男は、そうしたヤクザ的なケジメだの義理だのといったしきたりから、もっとも遠いところにある。それをあまりに軽んじたせいで、組長の有嶋から疎んじられ、ナンバー3の地位に甘んじているという噂です。そんな男が、有嶋のために危険を冒してまで、刑事に近づいてくるというのも奇妙に思えます。我々を出し抜き、自分たちの手で犯人を裁くことで、極道として組内に存在感を示し、信頼回復を計るつもりなのかもしれません。やつは経済こそが、裏社会でのし上がる唯一の手段だと広言してはばからない男です。なにかもっと別の狙いがあるように思えてなりません。

沢木が予想したとおり、戸塚にはやはり裏があったことになる。刑事に近づいて捜査情報を漏らすように依頼し、犯人を抹殺しようと考える一方で、その組長の娘に執着していた男と接点があった。

そもそもこの事件は、テレビ局に犯行声明文が送りつけられたことで、「若い女性を狙う殺人鬼」なる犯人像が作られつつある。八神だけが、その流れに逆らうようにして別の推理を提示していた。

富永は携帯電話をポケットにしまい、顎に手を当てて考えこむ。

八神の真意がわからなかった。彼女は戸塚が臭いことに気づいていた。おそらく、やつから声をかけられた時点で、勘が働いたのだろう。

だが彼女にとって、戸塚はこのうえない上客になったはずだ。やつの経済力に翳りが出たとはいえ、東京の大物ヤクザとコネができれば、純金よりも貴重な情報を入手できる。

そのチャンスを簡単にフイにした。富永に尻尾を摑まれそうになったからではない。そもそも彼女は、監視されているのを知っていながら、堂々と戸塚とコンタクトを取っていたのだ。

彼女の冷たい目を思い返す。警察組織に対する怒りが、今の彼女を警官たらしめているのだと。戸塚のような大物と組めば、さらに怪物的な力を得られたはずだ。だが、彼女はそうしなかった。

八神の狙いはなんだ。

また血の味がした。歯茎が痛む。今回の殺人事件でひと筋の光明が見えてきた。その昂奮が疲れを吹き飛ばしたが、彼女の掌のうえで踊らされているような不快な苛立ちが、富永の頭を締めつけていた。

17

瑛子は夜の松戸を歩いていた。

駅前は会社帰りのサラリーマンやＯＬでごった返している。周囲には消費者金融やパチンコ店が入ったビル。ＬＥＤの人工的な灯りやネオンが、昼間みたいな明るさをもたらしている。

瑛子は盛り場へ向かった。飲食店がいくつも入った雑居ビルがある。一階はとんこつラーメンの店舗が入っていて、独特の獣臭さに包まれている。古いエレベーターに乗って三階へ――フロアには、焼肉店や居酒屋。窓のない狭苦しい通路を瑛子は進んだ。

フロアの奥には中国人クラブがある。そこが郭の指定した場所だった。店からはカラオケが漏れてくる。ドアを開けると同時に、大音量の演奏と歌声が耳を襲った。

「いら《ファング》っし《イン》ゃい《グゥアン》ませ《リン》」

多くの女たちの声に出迎えられる。タバコの煙で、店内の空気は白く濁っている。ボックス席やカウンターは、たくさんの客で賑わっていた。多くの視線が自分の顔に集中するのを感じながら、瑛子は店のなかへと歩んだ。

マイクを握っているのは郭だった。膝ほどの高さの小さなステージに立ち、甘い声でビートルズのバラードを歌っていた。モニターの歌詞を見ることもなく、曲に合わせて身をよじっている。

瑛子が近寄ってくるのを見ると、マイクを放り捨て、すばやく壇から降りた。彼女をにこやかに出迎える。

「やあ、よく来てくれた。こんな夜遅くに、申し訳ないですね」

昨日の神妙な態度とは異なり、郭はだらしない笑みを浮かべた。昨日と同じスーツ姿だが、ネクタイは締めていない。シャツの第二ボタンまで外し、むさくるしく生えた胸毛を覗かせている。酒のせいで赤く染まった顔は、ラー油でも垂らしたように脂っぽく輝いている。こっちが郭の本当の姿なのだろう。

彼は、半円形のボックス席にどっかりと腰かけた。大股でふんぞり返る姿は、いかにも裏社会で生きてきた人間らしい。席には、カラフルなフォーマルドレスを着た女たちがついている。瑛子も座った。

テーブルには、ウイスキーや紹興酒、アイスペールが並んでいる。郭自らがトングを摑み、グラスに氷を放った。どんよりとした目で瑛子を見やる。

「飲むでしょう？　いくら殺人事件の捜査をしているからって、こんな時間になっても『勤務中だ』なんて、無粋なことを言わんでくださいよ」

「いただくわ。あなたと同じやつでかまわない」

「そうかい。あんたみたいなとびきりの美人が来てくれると、場がさらに華やぐってもんだ」

郭は口笛を吹いた。オールド・パーを、二つのグラスにドボドボと乱暴に注ぐ。水で割らずにロックで瑛子に手渡した。郭の口調が一段とぞんざいになった。

「それに頑丈な肝臓のオーナーなんだってな。今夜は好きにやってくれ。ここはおれの店だ」

眉が太く、精力的な顔つき。酒を手にしたその姿は、戦国絵巻に出てくる武将か、もしくは山賊の頭目に見えた。

瑛子と郭は、グラスをぶつけて乾杯した。彼女は勢いよくあおり、グラスの半分を空にした。店の女たちが囃《はや》し立てる。

郭は、ホステスの太腿を無骨になで回し、満足そうにうなずいた。

「それともホストクラブのほうがいいか？　横に女がいたんじゃ楽しめないだろう」

「そんなことないわ。何人かお持ち帰りしたいくらいよ」

瑛子は、若いホステスの肩を抱き寄せた。ホステスがかん高い声ではしゃぐ。郭と女たちは大笑いした。

「やっぱりそっちもイケるのか。そこいらの男なんかよりも、はるかにあんたはタフ野郎だからな。こいつは失礼した。重要な情報だったが、おれの耳に届いていなかった」

瑛子はグラスに口をつけた。残りのウイスキーを空ける。瑛子に肩を抱かれていたホステスが、グラスを受け取り、かいがいしくロックを作る。瑛子は言った。

「ずいぶんなおもてなしね。サービス業の社長さんというのは、たとえ相手が同胞を痛めつけた人間でも、こうやって大盤振る舞いをして、温かく迎えるものなの？」

「同胞？　誰のことだ」

「功夫《ゴンフー》がお上手な人買いよ。あなたが売った商品を扱っていた」

郭は慌てたように目を見張った。

「おいおい、もうそっちの話をするのか。もっと遊んでからでいいだろう」

「ベロベロに酔っ払ってからじゃ遅いわ」

「おれの肝臓だって捨てたもんじゃないさ。もっとも……こっちほどじゃないけれどな」

郭は自分の一物を摑んだ。女たちが爆笑するなかで、瑛子だけが無表情のままだった。

「わかったよ。そっちを先に済ませるか」

郭はしぶしぶ手を振った。女たちが笑顔を消して席を立つ。

ボックス席で二人きりになった。郭は声のトーンを落とす。

「女どもを侍《はべ》らせたままでもかまわなかった。どうせ日本語なんか大してわかりゃしねえんだ。しかし、いくらなんでも、そいつらの前で人身売買《ヒューマン・トラフィック》の話をするわけにはいかねえしな」

「馬岳は仲間じゃないの？」

「馬鹿言わんでくれ。あのクソ野郎が仲間なもんか。やつにはうんざりしてたんだ。鼻つまみ者ってやつだな。劉英麗と同じで、おれも手を焼いていたんだよ。せっかく手塩にかけた女を、やつはルール無視で盗んでいきやがる。東京の中国人は、あいつのことを蛇蝎《だかつ》のごとく嫌っていたんだ。くたばってくれて、じつにめでたい」

生真面目なビジネスマンを装っていたときとは違って、話す日本語はかなり滑らかだった。昨日の畏《かしこ》まった口調は、もともとこの男の性には合わないのだろう。

郭は腰を浮かせて、瑛子の隣に座りなおした。腕がぴったりと触れる距離。コロンとアルコールが混じった中年男の臭いがした。

「聞いてくれ。わざわざ昨日みたいな小芝居まで打ったのは、あんたと仲良くしたいからなんだ。おれたちの業界じゃ、あんたはヒロインだ。馬岳はたちの悪いスカンク野郎で、誰かが駆除しなきゃならなかったんだが、臭くてやっかいなオナラを怖れるあまり、有効な手を打てずにいた」

「あなたの情婦《オンナ》だった林娜さんも、あいつに拉致されたクチなの？」

郭は苦々しく顔をしかめた。

「まあ、似たようなもんだ。馬岳は、おれのところによく金をせびりに来てたんだ。昔、やつとつるんでいた時期があったんでな。『昔の借りを返せ』とかなんとか言って、むしり取りに来やがったんだ。ずっとムカムカしてたんだが、もうおれはれっきとした実業家だ。消すだのなんだのといった物騒なことはやれない。それにやつを潰すとなれば、金と時間と体力をたんと使わなければならねえ。そうこうしているうちに、野郎はどんどんつけあがりやがって、今度は女を回してくれときた。断ったところで、どのみちあいつは強引にさらっていくだけだからな。仕方なく、トレードの申し出を受け入れて、林娜をあいつに渡したのさ。だからよ。劉英麗が生きたまま、やつの指を一本ずつナイフで切り落としたと聞いて、せいせいしているところだ。くりぬいた目の穴に、切り取ったやつのチンポコを突っこんだんだってな。根性の曲がった性悪女だが、今回ばかりは一杯おごってやってもいいと思ってる」

郭はグラスを高々と掲げ、うまそうに酒を飲み干した。

「姐さんは、そんな悪趣味なことまではしてないわ」

「そうかい。噂にはなにかと尾ひれがつくからな。どうせ、あの女のことだ。鬼みたいに責めまくって、野郎を地獄に突き落としたはずだ」

「それで、昨日の話はどこまでが本当なの？」

「なんのことだ？」

「林娜さんとの関係よ。愛のすれ違いだのなんだのと、安いテレビドラマみたいな話を披露したでしょう？」

「心外だな。本当のことばかりさ。赤坂のクラブで見初《みそ》めたのも本当だし、麻布のデラックスな部屋に住まわせていたのも本当だ。馬岳にくれてやる前から、愛のもつれが起きたのも本当だ。おれのアリバイだって本当だった。そうだろう？」

「ええ」

今日は、川上とともに郭のアリバイを洗った。事件時にいたという新宿のレストランの店員や、会食をともにした食品会社の社員らに訊き込みを行っている。全員が、その時間に郭が食事をしたのを記憶していた。

「でも、いくら本当のことを並べ立てたところで、ひとつでも大嘘が混じっていたら意味がない」

「どこに大嘘があるってんだ」

郭の目は子供みたいに口を尖らせた。

「言わなくてもわかるでしょう？　あの裏ビデオで立派なソーセージを披露してる男。あれ、あなたでしょう？」

郭は自分の膝をぴしゃりと叩いた。

「正解。ただソーセージじゃなくて、大根かバットと言ってほしいね。よくわかったな」

「顔が映ってなくとも、その毛蟹みたいな身体だけでわかったわ」

「あんたの相棒は知っているのか」

「誰にも教えてない。だけど、気づかれるのは時間の問題でしょう。どうして、そこだけシラを切ったの？」

「決まってるだろう。煩わしいからだ。何度も言うが、おれは忙しい。とくに今はな。店舗のリニューアル・オープンに向けて、睡眠時間を削って働いている。このモザイクなしのチンコマンコ丸出し映像なんぞに関わっていると知られたら、捜査一課だけじゃなく、生活安全課やマル暴までが押し寄せてくるだろう。だから、まずはあんたのような理解ある刑事に話を通しておきたかった。だいたいあれは、儲けようとして、作ったもんじゃねえし、世に出回ることのない映像だったんだ」

「それも疑わしいわね。あれはそこらへんの変態が、思いつきで撮ったものじゃない。画質はクリアだし、照明も用意されている。撮影している人間も、アマチュアではなさそうだった」

郭は瑛子の横顔を無遠慮に見つめた。

「さすが。腕っぷしが強いうえに勘もよく働く。お近づきになれて光栄だ」

「だったら、もったいぶらないでくれる？」

「まずはグラスを空けてくれ。ちょっと河岸《かし》を変えようじゃないか。おもしろいところに案内するよ」

今度は瑛子が、穴が開くほど郭の顔を見つめた。

「ここで充分よ。なかなかいい店だし」

郭が肩をすくめた。

「おれが怖いかい？」

「油断ならないのはたしかね」

今度は瑛子がグラスの酒を一気に空けた。郭がボトルを摑んで、すぐに満たす。

「なにも企んじゃいねえったら。馬岳をぶちのめしたお人に、どうしようってんだよ。あんたはおれたちの間じゃ英雄なんだ。でかい顔していればいい。さあ、秋の夜は長い。もっと楽しもうぜ」

郭は手をポンポンと叩いた。

別の席で待機していた女たちが、餌を欲しがる池の鯉みたいにぞろぞろと集まってくる。それを迎え撃つかのように、郭は奇声を上げて女たちに飛びかかった。

18

富永は窓を睨んでいた。

窓の向こう側には取調室。そこでは管理官の沢木が、参考人の岩崎を尋問している。富永は横の小部屋から、取調べの模様を見つめていた。

富永は自分の腕時計に目を落とす。すでに午後十一時を回っている。尋問が始まってから、三時間近くが経過している。

相手の岩崎は額にじっとりと脂汗をかいている。五十代の痩せた男。すでに髪が真っ白で、顔にはいくつもの皺《しわ》ができている。そのため十は老けて見えた。

沢木が尋ねる。

「では、野村氏は閉店するまで、あなたの店で飲食をしていたわけですね？」

「……………」

岩崎は机を見つめたまま黙っていた。

「岩崎さん？」

「私を……疑ってるわけですか」

岩崎は小さな声で答えた。目が血走っている。

「いえ、そうではありません。あくまで事実を正確に摑むためであって、とくにあなたを疑っているのではありません」

「それなら、どうして二度も呼び出したりするんです。それに何度も何度も同じことを訊かなくてもいいでしょう。帰してください。明日の弁当の仕込みがあるんだ」

長時間のやりとりで、岩崎は徐々に落ち着きをなくしつつある。

岩崎は、妻と娘と三人で、洋食レストランを新宿で経営している。五つのテーブル席とカウンターがあるだけの小さな店だ。

向谷香澄が殺害された時刻。元恋人の野村浩太は、そこでずっと食事をしていた。岩崎は事件当初からそう証言していた。野村は一介の客に過ぎず、とくに面識がないだけに、そのアリバイ証言には重みがあった。

「お弁当？」

沢木は首をひねった。「お店のランチ以外にも、弁当を作って販売しているんですか」

岩崎は鼻で笑った。親方日の丸の連中には、商売人の苦労などわかるまいという表情。相手の刑事に諭す。

「あのですね。世の中、とにかくどこも不景気なんですよ。とくに我々のような飲食業界はどん底なんだ。うちみたいな小さな店じゃ、どうしたって大手のチェーンには、値段で太刀打ちできない。いくら値段を下げても、お客は店に足を運ばない。そういう時代なんですよ。昼間は、私と妻が店を切り盛りして、娘に西新宿のオフィス街で、その日作った弁当を、車で売らせているんです。ワンコイン以下の値段でね」

「それですと、もう朝早くから準備にかからないといけませんね」

「だから帰らせてほしいと言っとるんです。私のような商売をしている人間は、一日一日が戦いなんだ。明日の仕込みが間に合わなくても、あなたがたが責任を取ってくれるわけではないでしょう」

疲れていた岩崎が、急に熱っぽく語りだす。取調室という密室が、彼をずっと萎縮させていたが、ここでようやく心を開き始める。沢木が柔らかな態度で、粘り強く接し続けたおかげだ。もちろん、岩崎の店の状況をすべて把握したうえで、とぼけて見せている。

「しかし、大変じゃありませんか。夜は十時まで営業してますよね。その後片付けもある」

「毎日の睡眠時間なんて、もう五時間もないですよ。たまに近所の会社やグループでパーティがあるときは、オードブルの注文だって入る。そうなったら、もう寝ている暇だってない。

私も妻も、いつか過労死するんじゃないかと思うほど、くたくたなんですよ」

沢木はたまげたように首を振った。のんきな小役人を演じ続ける。

「お店はたしか、もうすぐ開店二十周年を迎えますね。お店を守っていくというのは大変だ。我々のように、黙っていても給料が銀行口座に振り込まれるわけじゃない」

火に油を注いだように岩崎は勢いづく。

「ええ。そういうことです。きついからと言って、ちょっとでも手を抜けば、客というのはすぐに見抜く。『あの店は味が落ちた』と言いたくて言いたくて、うずうずしてるんだ。築いてきた信頼なんて、あっけないほど簡単に消えてしまう。これは弁当だって同じだ。店の看板を出している以上、下手なもんも出せない」

「低価格の弁当ともなると、なかなか利益を出すのは難しいのではないですか？」

「だけど、やり続けなきゃならないんだ」

岩崎は呟いた。自分がいる場所を忘れ、遠い目をしながら天井を見上げる。その隙を見逃す沢木ではない。

「なるほど。購入した販売車のこともありますしね」

「そうだよ。とにかく楽じゃないんだ」

うなずいてから、岩崎は顔を強張らせた。いきなり横っ面を叩かれたような表情に変わる。

「なんだ……知ってたんですか」

「それが我々の仕事ですから」

岩崎は顔をさっとうつむかせ、再び心に鍵をかけようと試みる。しかし沢木は畳みかける。

「状況が苦しいことは、すでに知っていました。二十年にもなるお店を守るために、あなたが日夜奮闘していることも」

岩崎の顔色が悪くなる。沢木は続ける。

「あなたの気持ちはよくわかります。地元の信用金庫からは、もう目一杯借りている。そこで、あなたは弁当販売の準備のために、べつのところから借金をした。配達車や保温ケース、新しい業務用炊飯器を購入している」

捜査本部は、大勢の捜査員を投入して、野村のアリバイ崩しを始めている。アリバイ証言をした岩崎を徹底的に洗いなおした。

岩崎のレストランは、深刻な経営不振に陥っていた。野村たちが飲み食いしていた時間、彼ら以外に客はいなかった。

岩崎は黙っていた。小刻みに手を震わせながら。沢木は冷静に語りかける。

「あなたの状況はよくわかります。店をなんとか立て直したい。現状を打破したい。おそらく……私があなたの立場なら、同じようにしていたかもしれない」

岩崎は迎合するような笑みを浮かべた。うまくいかず、頬が引きつっている。

「どうにも恥ずかしいな……そんなこと知られてるなんて。どうか秘密にしておいてくださいよ。そんなことがうっかり外に漏れたら、こっちはいよいよトドメを刺されちまう。借金で首が回らねえレストランだなんて評判が立ったら、それこそ弁当も売れなくなる」

沢木は岩崎を睨みつけた。それまでの柔らかな気配を消し、目つきを厳しいものへと変える。

岩崎の身体が震えた。沢木が告げる。

「今のうちです。そろそろ打ちあけてください」

「な、なんのことです――」

「岩崎さん、よく聞いてください。これはあなたにとって、大変重要なことだ。ここで選択を誤れば、明日の弁当どころか、レストランそのものを失い、家族とも別れることになる」

岩崎の目に涙がたまり、喉が大きく動く。

「私はなにも知らない。なにもしてない」

「あなたに融資したのは、池袋の『東和第一ファイナンス』という街金だ。そこへの返済も行きづまっていた」

「なにもしていないったら！　早く、ここから出してくれ。帰らなきゃならないんだ！」

大声をあげる岩崎に対し、沢木がゆっくりと動いた。彼は、隅に置いてあったポットに手を伸ばす。なかの冷水を湯呑みに静かに注ぐ。

「……まずは落ち着いて」

岩崎は震える手で湯呑みを受け取り、水を一気に飲み干した。沢木は巧みに相手をコントロールしていた。

野村浩太と彼の友人は、岩崎のレストランでワインを数本と国産牛肉のフィレステーキやサラダ、カルパッチョやガーリックライスなどを二時間半かけて胃に収めた……ということになっている。しかし、そう言い張っているのは、この岩崎と野村側の人間だけだ。

岩崎が街金から借金しているのも事実だ。娘を連帯保証人にして、三百万円を借りている。商売が失敗すれば、その返済もおぼつかなくなる。娘を風俗店にでも売る羽目になるだろう。

岩崎が一息ついたのを見計らって、沢木が静かに切り出した。

「東和第一ファイナンスは、暴力団の息がかかった高利貸しで、千波組の企業舎弟だ。あなたはそこの経営者から頼まれた。野村という男が、店でゆっくり過ごしていた。そう証言してくれと。あなたは断りきれなかった。その依頼に応じれば、返済の猶予期間を設ける。あるいは借金自体を棒引きする。そんな見返りを提示されたんじゃありませんか？」

岩崎は湯呑みをきつく握り締めていた。湯呑みに残った水を、黙って見つめている。

捜査本部はひとつの推測を立てた。東和第一ファイナンスは、戸塚譲治の子分が経営している。戸塚が、野村のアリバイ作りに協力し、追いこまれた岩崎を買収しようとした。その読みはどうやら正しかったようだ。

岩崎の頰に涙が伝う。

「私は……」

彼は口を開きかける。そして閉じる。それを何度も繰り返す。

沢木はトドメを刺す。

「暴力団を怖れる気持ちはわかります。ただし、このまま連中の言いなりになっていたら、あなたも偽証や犯人隠避の罪に問われることになる。あなたが黙っていても、野村のアリバイはもはや崩れたも同然だ。別の取調室では、同席していたという野村の友人を厳しく追及しています。東和第一ファイナンスの連中も、徹底的に調べるつもりです。家族のためにも、またあなた自身のためにも、どうか本当のことを教えてください」

岩崎の顎から涙のしずくが垂れ、湯呑みのなかへと落ちた。沢木は写真を取り出した。そこには、ソフト帽とシルクのシャツを着た痩せた小男が写っている。野村だった。

「事件当日、あなたはこの男を見ましたか?」

「私はあの日……」

岩崎は涙声で答えた。

「いいえ」

「あなたの店を訪れましたか？」

「いいえ……夜の八時以降、客は誰も来てはいませんでした」

岩崎が落ちた瞬間を目撃し、富永は思わず拳を握った。室内の沢木も、表情は硬いままだったが、ほんの一瞬、ミラーのあるほうに視線を投げかけた。

これで向谷香澄を殺害した犯人が、野村である可能性が高まった。こんな姑息なアリバイ工作を企てること自体が、犯行をほのめかしているようなものだ。相棒である戸塚は、親分の娘を殺した犯人を隠そうとした。

富永は窓を見つめながら考える。

野村は向谷香澄を憎んでいた。恋愛関係のもつれ。無差別に女性を狙った犯行と睨んで、合同捜査本部が立ち上げられたものの、上野と蔵前は関連のない別々の事件だということになる。

だとすれば、林娜を殺した犯人は誰なのか。それにテレビ局に送られた犯行声明文。あれは……。

「そうか」

富永は小さく言葉を漏らした。とっさに八神瑛子の顔が浮かぶ。彼女の意図をようやく理解した。

19

「やっぱ男を用意するか？　友達の韓国人に、ホストクラブを経営してるやつがいる。そこからイケメンを二、三人調達しよう。韓流スターみたいな野郎がごろごろいる」

「べつにいいわ」

瑛子は首を振った。

郭のベンツのなかは複雑な臭いが漂っていた。新しいシートの革の香りがした。そこには酒びたりの酔っ払いと、きつい香水をつけたホステスが乗っている。ブラウンの髪に花の髪飾りをつけた化粧の濃い女だった。郭はしまりのない顔で、ホステスの胸や太腿をしきりにまさぐっている。

運転席でハンドルを握っているのは、グレープフルーツほどの胸を持つあの受付嬢だ。

「大嘘は、あのポルノ映像だけじゃないのね」

郭は、ホステスのドレスの裾をたくしあげ、股間に手を伸ばしている。甘い声ではしゃぐホステスに、手をぴしゃりと叩かれる。

「なんの話だ？」

「女房に睨まれるのが恐いとか、家族サービスしなきゃならないとか、立派に家庭を守ってるかのように話してたでしょう。愛人を何人抱えてるの？」

「あのな、他の女といちゃついてるからって、なんで家庭をないがしろにしてると決めつける。おれをそこいらの甲斐性なしと一緒にしないでくれ。二週間前にあった娘の保護者参観だって、ちゃんと参加したんだぞ。父親の役割をしっかりこなして、バリバリ働く。それがスーパー・ビジネスマンってもんだ。この前はビジネス本の執筆依頼だってあったな。それだって一週間で書き上げてみせた。女房だって、そんなおれを心からリスペクトしている。その女房がナイーブってのも、あながち嘘じゃない。ナイーブな心をなだめるために、けっこう神経を使ってるんだ。マメにプレゼントしたり、ドバイだのパリだのに、ショッピング旅行へ連れてったりな」

　車に乗ってからの郭は、さらにテンションが高くなっていた。鼻をしきりに啜る。店のトイレで、コカインでも吸ってきたのだろう。

「何人囲っているのか知らないけど、どうせ林娜さんに飽きて、これ幸いと馬岳に売ったんでしょう」

「真剣に愛していたさ。人聞きの悪い。おれもなにかと大変だったんだよ。馬岳みたいな厄ネタにまとわりつかれるわ、使えないグウタラ社員ばかりだわで、じつに頭が痛かった」

「弁解しなくてもいいわ。もう林娜さんは、この世にいないんだし」

「まあ聞いてくれ。つまりだな、あんまり『金、金』と言われりゃ、せっかくの愛も冷えていくってことさ。おれの肉体や内面よりも、どうもあいつはおれの財布や、クレジットカードにしか興味がないみたいなんでな。惚れた女には、つべこべ言わずにつぎ込むのが男の度量ってもんだが、冷えちまったら、その気も失せてくる」

「林娜さんは、そんなに金遣いの荒い女だったの？」

「逆だよ。浪費をさっぱりしないで、地下銀行に貯めこむんだ。みんな本国の家族にくれちまう。親兄弟の誰かに、肝臓の具合がよくないやつがいるんでな。とにかくあっちじゃ、いい医者に診てもらうには金がいる。手術となれば、いくらあっても足りない。すっかり世の中はグローバル化されちまったし、故郷はすさまじい勢いで成長している。外国や日本で必死に稼げば、貴族みたいな生活が送れたってのは昔の話でな」

「金なら、たんまり持ってるじゃない」

「持ってるよ。おれはケチと思われるのが、死ぬほど我慢ならねえからな。ゴジラサイズに稼いでドカンと使う。それをモットーとしているんだ。むろん、あの女にもたっぷり注ぎこんださ。あいつの莫大な月々の借金も、おれがしばらく払っていたし、おれがやったプレゼントを、あいつがいちいちネットオークションで換金するのも、情け深いおれは見て見ぬフリをしてやったんだ。そうまでしても、あいつは満ち足りた顔を見せたことがなかった。一度もな。ドンペリを飲んでるときも、二億もする麻布のゴージャスなマンションでセックスしているときもだ。あいつが写ってる写真を見ただろう？」

瑛子は写真の林娜を思い返した。湾岸の海風に吹かれて、黒髪をじっと抑えながら、困ったような微笑を浮かべていた。

「幸の薄そうな顔をされると、なんつうのか……庇護欲っていうのか？　なんとかしてやりたいと熱心になるもんなんだ。しかし、いつまでもいつまでも親鳥に餌をねだる雛みたいな顔されると、こっちも、なんかつまんなく思えてきてな」

「ちなみに、この車はどこに向かってるのかしら」

ベンツは松戸から都内へ向かっていた。窓からは、夜の早い浅草の風景が見える。店の灯はどこも消え、チェーン居酒屋やコンビニの看板が、ひっそりと光を放っている。

「もうすぐさ。肩の力を抜いてくれ。あんたが警戒するのもわかるが、おれとしては、とにかく英雄どのに恩返しがしたいんだ」

車は業平《なりひら》橋にいたる。視界に東京スカイツリーの巨大な建築物が入る。その近くの高層マンションの前で停まった。玄関には、ぴかぴかの大理石に覆われた広い玄関ホール。そこには凝った装飾の応接セットが置かれている。

　郭はスカイツリーを指さした。

「あのデカブツを、ゆっくり眺められるような部屋が欲しくなってな。とにかくでかくて、そそり立っているブツには目がないんだ」

　郭はベンツを降りた。ホステスの腰に手を回しつつ、瑛子を玄関へと導く。彼女はマンションを見上げた。

「ここになにがあるの？」

「部屋があるのさ！」

　郭はカードキーで自動ドアを開け、エレベーターホールへ向かった。瑛子は足を止める。

　郭が眉をひそめた。

「どうした」

「もう一度、尋ねるわ。なにがあるの？」

「おやおや。意外と慎重なんだな。あんたは、もっと豪胆な人だと思ったぞ。馬岳の罠にも承知ではまって、あいつをぶちのめしたんだろう」

　郭はホステスの唇を吸った。

「そんなわけないでしょう。おかげでこのざまよ」

瑛子は包帯が巻かれた左手を振った。

「会ったばかりで、しかもケガまで負ったレディを、こんな時間に部屋へ引っ張りこむなんて。女をたくさん抱いてきたわりには、女心を理解していないのね」

郭はホステスの愛撫に忙しそうだった。瑛子の言葉が耳に届かないのか、さっさとエレベーターに乗りこむ。瑛子はエレベーターのドアまで歩み寄った。

瑛子は腰のホルスターに手をやった。いつでも警棒を抜き出せるように。エレベーターのなかにいる郭と対峙した。彼女の気配を察知したのか、ホステスは顔を青くする。

震える女を抱きながら、郭は鼻で笑った。

「うほ、すごい殺気だな。勘弁してくれよ。そんだけツラがきれいだと、いろんな男たちに狙われてきたんだろうが、あいにくおれは、レディなどとは思っちゃいない。あんたはレディじゃなくて猟犬だろう。外道のチンポコを噛みちぎることしか考えてねえ。その猟犬のあんたに、貴重な餌をくれてやると言ってるんだ。犬なら犬らしく、黙ってついてくればいいだろう。それとも自分がレディだと本気で思うんなら、ここでお別れするしかねえな」

瑛子は冷ややかに郭を見つめた。やつは微笑を浮かべたままだ。

やがてドアが閉まりかけた。瑛子は右腕を差し入れる。ドアは再び開き、身体をなかへと滑りこませる。郭が勝ち誇った顔で親指を立てる。

部屋の玄関ドアでも、郭はカードキーをかざした。開錠を知らせる金属音がした。

「ただの部屋だからと言って、なめてもらっちゃ困る。酒はそこいらのバーより揃っているし、一流ホテル顔負けのソファも置いている。それともうひとつお楽しみがある」

部屋に入ると、スカイツリーと夜景が目に入った。やつのオフィス同様に、パノラマ型の巨大なガラス窓がはまっていた。

リビングの片隅は、バーカウンターになっている。重厚な一枚板のカウンターと七脚のウッドチェア。黒色の棚にはリキュールやスコッチといった洋酒から、中国酒や泡盛まで並んでいた。

壁には大きな薄型テレビがかけられている。それを取り囲むようにソファが並べられ、残りのスペースにはビリヤード台とダーツマシンが設置されていた。成金男が欲しがりそうな部屋だ。

郭は、その自慢のリビングに留まらなかった。隣室へと通じるドアを開ける。いそいそとジャケットを脱ぎ、もどかしそうにシャツのボタンを外す。体毛で黒々とした腹を見せながら、瑛子を手招きした。

「まずはこっちだ」

瑛子は隣室へと歩み寄った。慎重な足取りで。それから室内を眺め回す。

目の前にあるのは、あの裏ビデオの舞台となった寝室だ。

キングサイズのベッドとフローリングの床。オフホワイトの壁やオレンジ色のカーテン。

撮影時にはなかった衣服や額縁が飾られてあり、ベッドの枕元にあるナイトテーブルには、ウイスキーのビンやビジネス本が置いてある。ここで郭は林娜と性交をし、それを何者かがカメラで撮影をした……。

そして今も全裸になった郭が、同じく裸にしたホステスとからみ合っている。ホステスの乳首をしゃぶりながら、郭は寝室の戸口に立っている瑛子に言った。

「つまり、こういうことだ。真相がわかっただろ？」

「いいえ、全然」

「だから言っただろう。あの映像は商品なんかじゃねえって。おれがゆっくり楽しむためのプライベート・フィルムってやつだ。流出したものをコピーして、それを売りもんにしたやつはいただろうが、おれ自身は一銭だって儲けちゃいない。迷惑してる」

「誰が外に漏らしたの？」

郭はホステスの腹をなめ回す。女の身体が唾液にまみれる。

「ちょっと……待ってくれ。すぐに済ませる。続きはその後だ」

「ごゆっくり。リビングで待たせてもらうわ」

「駄目だ！　見ていてくれ。おれのセックスを見ていてくれ。誰かに見てもらわないと、なかなかイケないいんだよ。刑事に見てもらうなんて機会は、そうそうないからな」

「わざわざ人を雇って、自分のセックスを撮らせたの？」

質問には答えず、郭はホステスのうえにまたがり、腰を動かし始めた。瑛子は、床に置いてあった空気清浄機のスイッチを入れた。男女の生々しい性的な臭いが鼻をつく。

郭の射精は早かった。欲望を放出した郭は、ホステスの身体に覆いかぶさり、荒く息をついた。

「……いつもは、まだまだやれるんだが、今日は酒が入ってるしな。すぐに果てちまった。先に飲んでてくれ」

郭は身を起こした。ベッドを離れ、クローゼットの扉を開けた。タオル地のガウンをまとう。寝そべったままのホステスをベッドに残し、鼻歌混じりにバスルームへと向かう。

瑛子は勝手にキッチンに入った。棚のウイスキーグラスを手に取り、冷蔵庫のドアを開けた。製氷機の氷をグラスに放る。

酒瓶が並ぶラックの中央には、四十年もののハイランドパークが誇らしげに飾られてあった。そのボトルを手に取り、勢いよくグラスに注いだ。ソファのまん中を陣取り、数十万はするだろう赤褐色の酒を味わった。

郭がバスタオルで髪を拭きながら姿を現した。ガウンの帯をゆるく結んでいるので、太腿や股間が嫌でもちらちらと見える。

「おい……日本酒じゃねえんだ。なみなみ注ぐやつがあるかよ。いくらすると思ってんだ」

「好きに飲めと言ったのは、あんたのほうでしょ。それにくだらない白黒ショーを見せつけられたんだから、これぐらい提供するのは当然。あんたの毛むくじゃらの尻が、夢に出てきそうよ」

郭は顎に手をやって笑う。

「いや、ありがたかったよ。おれは二人きりのセックスってやつがダメでな。それで女房とちょっと距離が開いているのは事実だ。何度かスワッピングも試してみたんだが、どうも気に入らなかったらしい」

「撮影なんかする理由がよくわかったわ」

郭は冷蔵庫から缶ビールを取り出した。プルトップを開け、喉を鳴らして飲み始める。

「自分でも面倒な癖だと思っているよ。おれも林娜と同じで、山奥の農民の生まれなんだ。十五で上海に稼ぎに来たんだが、同じ国でどうしてこれだけ違うのかと驚いたもんだよ。開放政策が軌道に乗り始めたころで、今とは比べ物にならねえほど、ゴミゴミして汚ねえ街だったけどな、それでも女たちはセレブでグラマラスな匂いをぷんぷんふり撒いていたよ。穴の開いたゴム靴を履いているおれを、まるでゴミでも見るような目つきで見下ろしやがるんだ。

そのとき、おれは誓ったんだな。どんなことをしてでも、ツンとすました女どもの顔に、おれの遺伝子をぶちまけてやるってよ。まあ、おれと同世代の男なら、みんな考えてたことなんだが、なかには千人斬りを本気で目指しているやつもいる。毎週毎週、とにかく新しい女とセックスする。それを二十年続けるんだと。完全にとち狂ってるんだが、おれとしてはそいつのことをあまり笑えない。千や二千の女とやろうとは思わねえが、『いい女とやっている』という成果を誰かに見てもらわないと、気が済まないんだ」

「あ、そう。ところで、なにかつまみはないの？」

「ちゃんと聞いてるのか？　今、おれは大事なことを言ったんだぜ」

「わざわざ撮る理由はわかったけれど、映像にはあなたの顔が映っていなかった。もっぱら出てくるのはソーセージばかりで」

郭はＤＶＤの棚から、あるソフトのパッケージを手に取った。棚にならんでいるのは、ハリウッドのアクション映画や、中国のカンフー映画だ。ＤＶＤをセットした。

「べつにおれはナルシストじゃねえんだよ。自分がブサメンなのもよく知ってる。だから映す必要はねえ。そんなもんを見るのは、髭を剃るときの鏡だけで充分だ」

　郭がリモコンを操作した。大きな液晶画面に、裸の女が出し抜けに現れる。たわわな胸をゆさゆさと揺らしながら、身体を上下に動かしている。リビングの隅に設置された大きなスピーカーから、大音量であえぎ声が聞こえた。

「あなたのところの受付嬢じゃない。さっき、ベンツでこの部屋まで送ってくれた」

「迫力あるだろう。こういう大型モニターで見ないとな。これこそおれが普段やっているスーパーセックスだ。こうやって見返しながら、『あの女の乳首はピンク色だった』とか『肌がホットだったな』とか、そういうのを考えるのが好きなんだ」

　受付嬢は眉間に皺を寄せ、長い髪を振り乱している。郭が騎乗位で下から突いている。

「コレクションのすごさはわかったから、もう教えてくれてもいいでしょう。誰が林娜さんの映像を流出させたの？」

　郭は探るような目つきになった。

「おれとも仲良くしてくれるか？　劉英麗だけじゃなく」

「こうして夜中まで引っ張りまわしたのも、私という人間を慎重に見極めるためだったんでしょう。今回の殺人事件と、この流出の件がなにか関係しているのね」

　郭が手を差し出す。瑛子は握手を交わした。

「流したのは、これを撮ったカメラマンさ。今、そいつの上司に呼び出しをかけている。続きはそいつに訊いてくれ」

「あなたの口からうかがいたいんだけど」

郭はバスローブの帯を解いた。

「おれのほうは第二ラウンドに入りたいんだよ。もう一度だけ、おれのダイナミックなセックスを見てくれるのなら――」

「だったら、けっこうよ」

郭はけたたましく笑って、ホステスが待つ寝室へと消えた。

20

「どうもどうも、すみません。遅れてしまいまして」

瑛子がリビングで酒を飲んでいると、越後《えちご》ミノルが部屋にやって来た。

ダブルのスーツを着こんだ肥った男だ。髪と眉毛を金色に染め、白いプラスチックのフレームのメガネをかけている。これから舞台に上がる漫才師みたいな姿だ。四十代になるだろうが、その奇矯な格好のおかげで実年齢より、ずっと若々しく映った。

越後は腰を低くかがめ、愛想笑いを顔に貼りつかせていた。急いでやって来たのか、しきりにハンカチで汗を拭っている。

越後はAVメーカーの社長だ。元は映画会社の広報マンだったが、よほどのAVマニアだったらしく、数年前に映像会社を自分で立ち上げた。テレビの元ディレクターや映画監督を起用し、刺激的な作品をいくつも作ってヒットさせたのだという。

その越後が広大なリビングを見渡した。そこには、ひとりで高級ウイスキーを飲んでいる瑛子しかいない。

「あれ？　郭社長は？」

瑛子は隣室のドアを指さした。郭が寝室にこもってから三十分が経過していた。ホステスの嬌声がドアから漏れる。越後が訪問しても、郭は出迎えようともしない。やつは瑛子に、越後の名前と経歴を簡単に伝えると、さっさと寝室に入ってしまった。

越後は拍子抜けした顔になった。

「なんだ、お楽しみ中か」

「がっかりすることないわ。用があるのは私だから」

瑛子はグラスの氷を音をたてて回した。

「あん？」

越後は顔をしかめた。郭の情婦《イロ》が、なんの用だといぶかる。瑛子はグラスの酒を口にしながら、手帳のバッジを見せた。

越後は巨体を揺らして飛び上がる。

「待てよ。なんで刑事《デカ》がここにいるんだ」

寝室のドアが開いた。越後以上に汗だくとなった郭が、ドアから顔を覗かせた。

「よお、ミノル。急に悪かったな。用ってのは、さっき電話したとおりだ。あの件をその人に話してやってくれ」

「あ、どうも郭社長。ごぶさたしております。ですが、こちらの方は刑事《デカ》……いや、警察関係者のようですけど」

越後は、再び腰を低くかがめた。郭は有力なタニマチであるらしく、彼の態度がころころと変わる。

全裸姿の郭はタオルで顔をぬぐった。

「心配いらねえよ。その刑事さんは、なにかと話がわかる。これから、お前もなにかと世話になるかもしれねえ。ちゃんと挨拶しておけよ」

「はあ……」

「気のねえ返事しやがって。お前、大変なことになってんだぞ。それとも、まずはおれのスーパーセックスを見てからにするか？」

「いや……結構ですよ。もう何度も拝見してますから」

「遠慮しなくていいのによ。どうも調子が出ねえんだよなあ」

郭はぶつくさ言いながら寝室へと戻っていった。

「なんだっつうんだよ、クソ忙しいってのに」

越後は金色の頭をボリボリとかいた。郭が消えたとたんに、むっつりとした顔つきに変わる。ソファに座り、タバコに火をつけた。「あんた、どこの刑事さんだ」

「上野署の組織犯罪対策課よ。よろしく」

「マル暴……つまりなんだ。あの流出した映像が、ヤー公の資金源になっているって話か？　そんなのおれの知ったことじゃねえよ。好きで流したもんでもねえし、流れたもんをコピーして売りさばいている連中なんて、おれだって知らねえ。郭社長の怒りを鎮めるために、安くねえ慰謝料だって払ってんだ。なにを追ってんのか知らねえが、今さら話を蒸し返すようなことはしないでくれ」

「流したのは、あなたの社員らしいじゃない」

「元社員だよ。もうとっくにクビにした。それがどうした」

瑛子は冷ややかに越後を見つめた。

「あなた、なにも知らないのね。驚いたわ」

「どういうことだよ」

越後の瞳に戸惑いの色が浮ぶ。

「たった今、郭社長も言ってたでしょう。大変なことになってるって。流出した動画で、どこのヤクザが儲けてるかなんて、私だって興味ないわ。今は、殺人事件の捜査員なんだから。女の子を殺した犯人を追ってるのよ」

「さ、殺人？」

「ニュースや新聞で、さんざんやっているでしょう。殺されたのは林娜さん。流出映像に出演してたモデルの娘よ」

越後はタバコを指に挟んだまま動かなかった。灰がスラックスに落ちた。だが彼は払おうとしない。

「なんだ、そりゃ……事件は知ってたけどよ、まさか、あのときの女だったなんて。郭社長も人が悪い。教えてくれればよかったんだ」

「女を扱うのがあなたの商売でしょう。本当に知らなかったの？」

「一日に何人のツラを拝むと思ってんだよ。それにこの郭社長の仕事をこなしていたのは長尾という男なんだ。あいつにみんな任せていた。あのバカが暴走したおかげで、おれは郭社長に何千万もの賠償金を払うことになった」

「その長尾さんが、流出の原因を作った人ね」

「人殺しだなんて。冗談じゃねえ。まさか、あいつがそこまでやらかすなんて……」

「その長尾さんがやったとは言ってない。ひと言も。つまり、そういうことをやらかしそうな人なのね」

「…………」

瑛子は空のグラスに氷を落とした。それに高級ウイスキーを注いで、越後に渡す。

「詳しく聞かせて」

「……わかったよ」

彼はそれをちびちびと舐めつつ、ゆっくりと語りだした。

長尾進は、越後が信頼していた部下だった。たいがいの人間なら、三日で逃げ出すような厳しい労働にもくもくと従事し、高校時代はラグビーをしていたのでバイタリティもあった。上下関係や礼儀にうるさく、社員の教育係を担っていたという。

「前はテレビの製作会社にいたんだ。ずっとADとしてこき使われてきたこともあって、どんなきついスケジュールでも弱音は吐かねえ。頼りになる鬼軍曹ってところだ。だから、現場はあいつに任せていればよかった」

「そのマジメそうな人が、タニマチの大事なプライベートフィルムを流出させた。なにがあったの？」

「マジメといえばマジメだが、昔からちょっと……ストーカーというか、キモいところがあってな。もともと仕事も女も猪突猛進で、妙に入れこんじまう。前にも一度、モデルの尻を追い回して問題になった。うちの業界じゃ、その手の話はよくあることだし、もっと癖のある変人がわんさかいる。だから、とくに問題視なんかしていなかった。欠点をカバーするくらいに、仕事はきちんとこなしていたからな」

「林娜さんを撮っているうちに、またぞろ悪い癖が出た。そういうことね」

越後は息を吐いた。

「今になって後悔してる。おれの会社には、いろんなのがやって来るんだ。女子高生のクソが好物なやつ、おばあちゃんのしなびたおっぱいにしかエレクトしないやつ、電車での痴漢行為を堂々と自慢するやつ。そんなのと関わっていると、いろんなものが麻痺しちまう。それが嫌で、よく昔は社員にも、『女には人一倍敬意を払え』と教えてきてたんだ。女をモノみたいに扱う野郎に、いい画なんか撮れるはずはねえからな。だけど、その教育係のほうが、いつの間にかイカれちまってたんだ」

有力スポンサーである郭の頼みで、越後の会社は郭の性交を撮影した。その現場を仕切る長尾は、林娜を撮影した後、何度か彼女にコンタクトを取ろうと試みたのだという。瑛子は尋ねた。

「どんなふうに？」

越後は顔を歪めた。

「よくいるだろう。雑誌のエロ記事読んで、『けしからん！』なんて吠えつつ股間を膨らませているオヤジとか、風俗嬢に説教しだすアホな客とか。そういう勘違いだ。たくさんの裸の女やセックスを撮ってるうちに、モラルってもんを持ち出したがる。貞操だの倫理だの。そんなことを、ぶつぶつ言いだし始めたんだ。自分のやってることを棚上げしてな」

瑛子は鼻を鳴らした。

「要するに女をナメるようになったわけね」

「金を稼ぎにやって来た中国女に、ちょっと意地悪してやろうとでも思ったんだろう。『撮った映像をネットにばらまかれたくなかったら』とか、なんとか脅して、股を開かせるつもりだったのさ。郭社長みたいな景気のいい中国人に、顎でこき使われるのにも我慢がならなかったんだろう。あいつは中国人をひどく嫌ってたからな」

長尾に迫られた林娜は、パトロンの郭に相談した。郭はすぐに動き、雇い主である越後を呼び出した。

越後は言った。

「いくら実業家と言ったって、ヤクザはヤクザだ。おれの命までないと思ったよ。郭社長には、それぐらいきつくお灸を据えられたからな。だけど、その郭社長にしても、あんなバカを消したところで、なんの得にもならない。たっぷり叱ったあとで、ゆっくり話し合うつもりだった。ところが、びびって追いつめられた長尾が、それをネットにもう流出させちまっていたんだ。これが真相だよ」

「殺されなかったのが不思議なくらいね」

「内臓でも売って慰謝料を作れと、郭社長につめ寄られてたよ。それもどうにか勘弁してもらって、月々、おれと同じく社長に慰謝料を納めるということで話がついた。今でもやつは地道に支払っているはずだ」

「今はどこで働いているの？」

「多摩のほうにある食品工場で働いてるはずだ。映像業界に残りたがっていたようだが、長尾がなにかでかい失敗をやらかしたってことは、業界でも噂になってたからな」

瑛子は窓に目をやった。東京の夜景を眺める。

「前にもトラブルがあったと言ってたわね」

「え？」

「長尾のことよ。林娜さんだけじゃなく、前にも一度、モデルを追いかけ回したと言ってたでしょう。次はその件について話してもらえる？」

越後は目を泳がせる。質問の意図に気づいたのか、顔がどんどん青くなった。

「まさか……嘘だろう」

越後が握っていたグラスを、瑛子は奪い取った。なかには、まだ多くのウイスキーが残っている。それを一口で飲み干す。

「早く。せっかくだけど、時間がないわ」

21

長尾進の住処は早稲田にあった。ゴミゴミとした学生街のなか、小さなアパートが林立している地域。

瑛子はそこまでタクシーを使った。郭のマンションがある浅草から、深夜の首都高速を走る。

タクシーに乗っている間に、タブレット型コンピューターをいじった。画面には長尾の姿。越後から画像データをメールで譲り受けていた。

半年前に、九州へロケに出たさいに撮影したものだという。春の阿蘇山をバックに、米軍のアーミージャケットを着た短髪の男が、ポケットに手を突っこんだまま佇んでいる。口に笑みを浮かべていたが、瞳はぼんやりと虚《うつ》ろだった。

学生時代はラグビーに打ちこみ、重たい撮影機器をいつも扱っているだけに、肩幅は広く、体格はがっちりとしている。だが、顔色や肌は青白く、無精ひげが顔を覆っているせいで、やけに不健康そうに見えた。瑛子は長尾の顔を目に焼きつけた。

越後から聞いた住所の近くで、タクシーを降りた。目当てのアパートはすぐに見つかった。築二十年は経った古ぼけた建物で、壁の白い塗装が剝げ落ち、雨どいは錆びて穴だらけだ。

深夜の二時を過ぎていた。瑛子はかまわずに、一階のドアの横にある呼び鈴を押した。電池が切れているらしく、なんの音も響かない。次にドアをノックする。

依然として静かなまま。瑛子はノックをさらに二度繰り返した。反応というよりも、人の気配そのものがなかった。

瑛子はドアノブを回した。施錠されているのを確認すると、バッグのチャックを開けた。なかから小さな懐中電灯と、十センチ四方のプラスチック・ケースを取りだす。ケースには二本の小さな針金が入っている。

瑛子は両手に一本ずつ持ち、ドアの前にしゃがみこんだ。ライトをつけた懐中電灯を口にくわえ、灯りに照らされた鍵穴を、瑛子は無表情のまま見つめた。鍵穴に針金を挿入し始める。ガチャガチャと金属同士が触れる音がする。

古いタイプの鍵だ。五分もしないうちに、鍵が外れる音がした。しゃがんだまま、ドアノブをゆっくりと回し、ドアを開ける。暗闇に包まれた室内を、口にくわえた懐中電灯で照らす。

そのときだ。彼女の左肩に、グローブのような大きな手が置かれた。瑛子は顔をあげる。

「正気か……お前、なにをやってるんだ」

手の主は川上だった。巨体を窮屈そうにかがめ、額にびっしりと汗をかき、目を大きく剝いている。

川上は瑛子の肩を摑むと、力をこめて身体を引き起こした。彼の唇が震えている。不正を目撃した彼のほうが、驚愕と怒りのあまり、なかなか言葉が出せずにいた。

瑛子は口の懐中電灯を外した。

「尾けていたんですか。ずっと」

「甘く見るなよ。言葉なんぞわからなくても、あの中国人の社長とお前が、隠れてやり取りしていたのは気づいていた」

「そうでしたか」

川上の目がひるんだ。冷静でいる瑛子の態度を不思議に思ったようだ。

「まずはこの場を離れるぞ。どういうつもりなのか、ゆっくり話を訊かせてもらうからな」

「そうはいきません」

「なに？」

瑛子の右手には拳銃が握られていた。銃口を川上の眉間に向ける。ニューナンブをバッグから抜き出していた。

川上は銃口を睨んだまま硬直した。口を大きく開け、うめき声をあげる。

「放して」

瑛子は左腕を振り払った。川上は憐れむような顔になり、涙声で訴える。

「なんだって、ひとりでこんなバカなやり方をする。おれたちが信頼できないというのか？」

瑛子は川上の後ろに回った。背中に拳銃を押し当てる。

「なかに入って」

川上は抗わなかった。自分が危害をくわえられることよりも、この騒ぎを誰かに目撃されたくないのだろう。

玄関に入って、ドアを閉めた。川上に靴を脱ぐように指示して上がりこむ。窓から差しこむ街灯の光と、瑛子の懐中電灯を頼りに歩む。甘酸っぱい悪臭が鼻に届く。淀んだ空気が二人を包む。

1DKの狭い部屋だ。キッチンは六畳ほどの大きさだが、そのスペースの大半は、パンパンにふくらんだゴミ袋で占められていた。それが天井に届く勢いで積み上げられている。流しには、コンビニ弁当の空容器が山をなしている。とくに洗いもせずに放置しているせいで、残飯のうえを小さな羽虫が飛んでいた。

もうひとつの部屋は、キッチン以上に混沌としていた。足の踏み場がなく、わずかに見える畳で、そこが和室であるとかろうじて判別できる。折りたたみ式のベッドに、カメラやデジタル機器が所狭しと置かれ、タバコの灰で汚れた大きな机には、パソコン用のモニターが二つ置かれていた。その周囲には雑誌や新聞、DVDのソフトケースが散らばっている。

壁には、ラーメン屋みたいに筆文字で書かれた自己啓発用のメッセージが、あちこちに紙でベタベタと貼られてある。その隙間には、映画女優やグラビアアイドルのポスター。川上は、呆然とそれを見つめている。

ポスターに貼られている女たちは、すべて艶やかな黒髪の持ち主だった。文化芸能にうとい瑛子でも、微笑んでいる女優がシャンプーのテレビCMに出ているのを見た覚えがあった。

「……犯人《ホシ》の部屋なのか？」

「座ってください」

川上をベッドの近くにまで導き、畳のうえに膝をつかせた。彼の左腕をつかんで、手錠をはめた。「おとなしくしていれば、危害をくわえたりはしませんから」

手錠のもう一方の輪を、折り畳みベッドの手すりにはめた。大男の川上なら、そのベッドを引きずりながら暴れられただろうが、観念したようにあぐらをかいた。

「そうさせてもらう。誰かに通報でもされたら面倒なことになる」

冷蔵庫のドアには、複数のプリントがマグネットで留められてあった。それをひとつひとつ確認する。長尾が勤務している食品工場のもので、製造工程に関する注意事項だの、マニュアルだのが記されてあった。そして勤務表。

瑛子は注意深く追った。その勤務表には長尾の名前。林娜が殺害されたのは三日前の午後だ。この日の長尾の欄には、やはり〝休〟の文字があった。そして昨日も今日も、朝から夕方までの勤務予定となっている。だが深夜になっても、長尾は部屋に戻っていない。

川上が語りかけてきた。

「聞いたか。上野の殺しで進展があった。沢木管理官が、アリバイの切り崩しに成功したようだ。向谷香澄の元恋人が、殺害時刻にレストランでメシを食っていたことになっていたが、レストランの主人が目撃証言を覆したらしい」

「連続殺人ではなかったということになりますね」

「今さら、なに言ってやがる。沢木さんは富永署長と仲がいい。あいつらに入れ知恵をしたのはお前だろう。早いうちから、お前はこの事件《ヤマ》が連続殺人なんかじゃないと気づいていた」

「…………」

瑛子は冷蔵庫のドアを開けた。食料品はほとんどなく、焼肉のタレやマヨネーズと一緒に、大量の茶色のビンが保管されてあった。

ビンを掴んで、フタを開けた。なかには白く濁った液体。鼻をつく生々しい臭いに顔をしかめる。

長尾は、自分の遺伝子をなぜか丁寧に冷蔵していた。ビンのフタにはラベルが貼ってあり、採取した日付が記されてある。昨日のものもある。どんな意図で保管しているのかはわからなかったが、ゴミ屋敷と化した室内の雰囲気と相まって、強烈な狂気を冷蔵庫内から感じた。大きなプラスチック製のゴミ箱には、収まりきらないほどのティッシュがつまっている。

ビンを元に戻しながら瑛子は言った。

「二つの殺人は、まったく関連がないわけではありません。ここの住人はコピー・キャット……つまり、向谷香澄の事件に大きな影響を受け、やがて自分の衝動を抑えきれなくなったのではないかと思います」

落ちていた雑誌に目を落とした。男性向けの週刊誌で、表紙には、殺人事件に関する記事の見出しが記されてあった。乱雑に畳まれたスポーツ紙にも、向谷香澄と林娜の写真が掲載されている。

テレビの周りは肌色で埋め尽くされている。大量のDVDのソフトケース。アダルトビデオばかりだが、映っているのは、壁のポスターと同じく、黒髪の若い女たちばかりだ。

パソコンのモニターの周りには、メモ用紙が散乱していた。多くの電話番号やアドレスが記されてある。瑛子は一枚のメモ用紙をつまんだ。そこには墨田区のものがある。林娜が最後に暮らしていた部屋の住所だった。

郭と別れた後の林娜の居場所を、どうやって突き止めたのかはわからない。ただ長尾は、以前にAV女優の住所を知るために、運送会社のドライバーになりすまし、女優本人から電話で住所を聞きだそうとした経緯がある。なりふり構わずに、個人情報を収集していた。

川上は尋ねた。

「そろそろ教えてくれ。こいつは何者なんだ」

瑛子はパソコンそのものには触れなかった。情報の宝庫だが、起動させれば侵入した形跡を残すことになる。周囲のメモ用紙やプリントをチェックしながら、川上に長尾という男について知らせた。

川上は低くうなった。

「そこまでわかっているのなら、なんだってこんな空き巣みたいなやり方をする」

「やつは林娜さんだけを殺して、満足したわけじゃありません」

「なに……」

パソコンのプリンターの用紙受けトレイに目をやった。印刷された紙が何枚か溜まっている。

それを手に取る。印刷に失敗したもので、インクがこすれてひどく見づらい。だが、それが地図だとわかった。大江戸線の東新宿駅付近が表示されている。

瑛子は地図と睨み合ったあとに、自分のバッグからタブレット型のコンピューターを取り出した。それを起動させて、インターネットにつなげる。ポータルサイトで検索をかけ、小《こ》宮山《みやま》菜緒《なお》のブログへとたどりつく。

画面には、あどけない表情の女の子が現れる。長い黒髪と締まりのない唇。二十歳を超えているはずだが、高校生ぐらいにしか見えない。

ブログは毎日のように更新され、日々の食事や仕事の様子をマメにアップしている。そのなかには、ブレザーの制服をきちっと着こんで、カメラ目線でポーズを取る姿もあった。顔のパーツが小ぶりで、薄い顔立ちは林娜とも似ていた。いかにも長尾が情熱を傾けそうな女に見える。

ＡＶ女優の小宮山菜緒は、約一年前に長尾に追いかけ回されている。越後から聞いた話では、撮影現場で長尾は彼女の携帯電話を盗み見すると、ひんぱんにメールや電話をし、デートの誘いをかけたのだという。あの手この手で菜緒に近づこうとしては、ついには身分まで偽って、住所を訊きだそうとした。

たまりかねた彼女は所属事務所に相談した。事務所からクレームがつき、長尾は謝罪に追いこまれている。そのときやつは、事務所関係者に対して、頭を丸めて土下座している。初犯ということもあり、長尾はことなきを得た。

瑛子は菜緒のブログに目を通した。文字数は少なく、学生のメールみたいに、絵文字が多用されている。数秒間で二ヶ月分を読みきる。

菜緒は仕事の様子だけでなく、プライベートにも触れている。フィットネスクラブに行くのを趣味としているらしく、トレーニングウェアや水着の写真をアップしながら、週に何度も通っていると述べている。クラブは二十四時間で営業しているらしく、深夜の大浴場やサウナをひとり占めにするのが好きなのだという。

具体的なクラブ名までは書いていない。だが……。

プリントアウトされた地図を再び睨む。東新宿駅近くには、二十四時間営業のフィットネスクラブがあった。瑛子は大きく目を見開いた。川上が訊く。

「わかったのか？」

瑛子は手錠の鍵を川上に放った。

「『エルスポーツ東新宿』という、明治通り沿いにあるフィットネスクラブです。やつは、おそらくそこに向かってます」

手錠を外した川上は、手首をさすった。

「お前のことは後回しにしといてやる。ひとまず、おれの車に乗れ」

22

瑛子たちは東新宿に向かった。現場へ急行する間に、車の無線で緊急配備を要請する。

大江戸線をきっかけに、ホテルやマンションが次々と建てられた再開発地区。フィットネスクラブも、そのなかにあったが、警察車両や警官の姿はまだ見当たらない。クラブが入った高層ビルの前に車を停めた。

クラブはビルの中層階にあった。二人はエレベーターで向かい、玄関の自動ドアをくぐった。オープンしてから、まだそれほど時間が経ってないらしく、プールの塩素に混じって、ペンキの臭いが鼻に届いた。床のカーペットや壁は清潔そうで、照明も明るく灯っているが、受付のカウンターには誰もいなかった。

深夜とあって、ロビーにも人気はない。部外者でもやすやすと侵入できそうだ。

川上は受付カウンターに突進し、怒鳴り声をあげた。ポロシャツを着たスタッフが、泡を食ったように奥のオフィスから転がり出てくる。

川上は、スタッフに警察手帳を突きつけながら、瑛子に命じた。

「お前はプールと女子更衣室だ。おれはジムを調べる」

瑛子は奥へ進んだ。玄関と同じフロアに温水プールがある。プール用の女性用更衣室に入った。部屋の四方をロッカーが取り囲む。中央にベンチが置かれているが、室内には誰もいない。

瑛子はストッキングを脱いで、裸足でプールへ向かった。むっとした湿気が顔を襲う。プールサイドから温水プールを見渡した。泳いでいる人間は少なく、閑散としている。全員がスイミングキャップと、水中メガネを着用していたが、小宮山菜緒や長尾らしき姿は見当たらない。浅黒く日焼けしたホスト風の男や、キャップからカフェオレ色の髪を覗かせた若い女が泳いでいる。

「あの、どうかされましたか？」

首にホイッスルをつけた競泳水着の女性が、瑛子に声をかけてくる。見かけない女が、スーツを着たままでプールサイドをうろついているのを目にし、不審そうに顔を曇らせていた。

瑛子は警察手帳を見せた。

「警視庁のものです。小宮山菜緒さんが来ているでしょう。長い黒髪の若い女性よ」

スタッフらしき女は、不意打ちを食らったように表情を強張らせた。すかさず、瑛子は自分のタブレット型コンピューターを見せる。そこには菜緒のブログが表示されている。

スタッフはおそるおそる言う。

「これって……古内さんのことですよね」

それが菜緒の本名なのだろう。

「いるの？」

「ついさっきまで、長いこと泳いでましたけど――」

スタッフは天井を指差した。彼女が言い終わらないうちに、プールを離れ、階段を駆け上がった。馬岳との闘いで負った傷が痛む。上の階にはスポーツジムや浴室がある。

瑛子は女性用更衣室に入った。隣接してある浴室からは、水が流れる音がする。

瑛子はバッグからニューナンブを取り出した。撃鉄を起こし、右手で銃を構える。広い更衣室には、三列にわたってロッカーがずらりと設置されてある。

　ロッカーの陰を確認しつつ、瑛子は慎重な足取りで、浴室へと近づいた。スライドドアを開けると、むっとした熱気に包まれた。視界が湯気で白く曇る。

浴室は静かだった。噴出口から大浴場へと湯が間断なく注がれている。瑛子は息をのんだ。裸の女が、浴場の横の床に突っ伏していた。濡れた黒髪が顔を覆っている。小宮山菜緒だ。彼女は、まっ赤に汚れた腹を、両腕で抱えている。血は彼女の下半身や床を濡らしていた。菜緒は浅い呼吸を繰り返している。哀願するような目で、拳銃を持った瑛子を見上げた。瑛子は左手で携帯電話を摑んだ。ボタンをプッシュし、救急車の手配を要請しようとする。菜緒の目が横にのろのろと動いた。彼女の視線の先にあるのは、サウナ室。

瑛子はとっさにサウナへ拳銃を向けた。同時にサウナ室のドアから人が飛び出す。黒い野球帽とマスクで顔を隠した男――手には長大な刃物。刃は血液で赤く染まっている。

　背中のケガが反応を鈍らせた。拳銃を持った右手に熱い痛みが走り、ニューナンブを取り落とす。刃の長さだけでも十五センチはありそうな、アウトドア用のシースナイフだ。手の甲を切り裂かれていた。

　男が二撃目を繰り出した。腕を振り上げ、瑛子の首に切りかかった。瑛子はとっさに床を転がる。ナイフが空を切る。

瑛子は前転をしつつ、切られた右手で腰のホルスターから、特殊警棒を抜き出した。立ち上がって、襲撃者と対峙する。

瑛子は目を細めた。ナイフを手にしているのは長尾だ。顔を隠していても、その暗い目つきで、すぐにわかった。

「なんだよ……お前」

「長尾進。警察よ、武器を捨てなさい」

名前を告げると、長尾は眉をひそめた。だが、目はビー玉みたいに虚ろだ。瑛子の顔に目を向けているが、そのくせどこも見ていないようだった。ぶつぶつとなにかを呟いている。

瑛子は警棒を中段に構える。

「もう一度言うわ。武器を捨てなさい」

警告は長尾の耳に届いていない。やつはシースナイフを握りなおす。すでに柄や手は血にまみれている。

それは瑛子も同じだ。手の傷から血がしたたり、スーツの袖口や警棒を赤く濡らした。

「……どいつもこいつも。メス豚どもが」

長尾が瑛子めがけて突進した。刃が瑛子の腹へと走る。瑛子は腰をひねって、それをかわす。ナイフの刃が空を切る。

渾身の力をこめて、警棒を長尾の右肩に振り下ろした。肉を打つ重たい音が浴室内に響き渡る。強い手応えに手首が痺れる。

長尾は浴室の床に顔から倒れこんだ。取り落としたナイフが床を滑る。

「八神！」

浴室の入り口で、川上が声をかけた。瑛子は倒れた長尾の腕を取って、後ろ手にして手錠をかけた。肩を金属棒で殴られた長尾は、獣じみたわめき声をあげる。

「救急車を！」

長尾の動きを封じると、瑛子は菜緒のもとへと駆けた。

23

富永が四谷の病院に到着したころには、昇りだした朝日が、建物を明るく照らしていた。繁華街が近いせいか、もやがうっすらかかった空には、多くのカラスが舞っている。正面玄関はまだ開いてない。救急外来用の玄関を探すのに手間取った。

施設内に入ると、廊下を歩む八神と出くわした。ちょうど治療を終えたところらしく、彼女の右手には包帯が巻きつけられてあった。左手首にも包帯。顔の傷もまだ癒えていない。

満身創痍だった。

だが、いくらケガを抱えていようとも、やはり無表情のままだ。富永を見かけても反応を示すわけではない。静かに頭を下げるだけだった。

「おはようございます。朝早くから、お騒がせして申し訳ありません」

「ご苦労だった」

富永は笑いかけた。

「ここに来るまでの間、いろいろと言葉を考えてきた。けれど、それしか思いつかない。本当にご苦労だった」

「ありがとうございます」

「能代刑事部長からも伝言を預かっている。『お前さんのような刑事《デカ》がいるのを誇りに思う。おかげで、こちらの首は皮一枚でつながった』と」

富永は、廊下にある長椅子を八神に勧めた。二人は並んで腰かける。八神が訊いた。

「小宮山菜緒の容態は」

「刺し傷は、内臓まで達していなかった。医者が言うには、命に別状はないらしい」

「そうですか」

「君があの場に駆けつけていなければ、林娜と同じくメッタ刺しにされていたはずだ」

二人の前を、女性看護師が忙しそうに通り過ぎる。彼女の姿が遠ざかったところで、八神は口を開いた。

「部下を褒め称えるために来たわけじゃないでしょう。むしろ、私を今すぐ取調室に放りこみたい。違いますか？」

富永は笑みを消した。

「そのとおりだ。一体、またどんな手段を使ったのか、じっくり訊かせてもらいたいところだ」

「…………」

「ちなみに今の君はこう考えている。川上警部補が、うまく立ち回っているだろうとな」

八神は黙って富永を見た。そして微笑を浮かべる。

富永は、自分の肌が粟立つのを感じた。彼女の唇だけが動いた。見る者の心を縮こませる冷たい笑みだ。ほんの一瞬の出来事だが、富永には何十秒にも思えた。

富永は奥歯を噛む。口のなかで血の味がする。先に捜査本部に戻った川上が、八神に都合のいい報告をしているのは事実だ。彼はこう報告した。

二人は、林娜の裏ビデオ映像の線から、長尾のアパートに出向いた。だが、やつは留守。しかしアパートの前に、プリントアウトした地図が落ちており、その地図は東新宿のフィットネスクラブを指し示していた。

やっと探めた過去を持つＡＶ女優が、フィットネスクラブの常連だという情報はすでに摑んでいる。危険を察知して、クラブへと急行した。そう話す川上の目に、いつもの力強さはなかった。

おそらく、八神がアパートのなかに侵入した。監視者である川上を、共犯者に引きずりこんだのだろう。

富永は八神を理解した。彼女はどの刑事よりも真実を追い求める。狂おしいほどに。そのためなら不正や違法行為もためらわない。

「君は尊い人命を救った。それは認めよう。しかし、君はやはり警官でいるべきではない」

「話はそれで終わりですか？」

「最後まで聞くんだ。手帳を取り上げたいところだが……まだすべてが終わったわけではない。千波組の戸塚が黙っていないだろう。そもそも、なぜやつがあやしいとわかった？」

「千波組は一枚岩じゃありません。いろんな情報《ネタ》が耳に入ってきていました」

富永はポケットに手を入れた。

「なるほど。君にプレゼントがある」

彼女は怪訝そうに表情を曇らせた。

「なんでしょう」

「遠慮せずに受け取れ。君からプレゼントをもらったきり、そのお返しをしていなかった」

富永は細長い小箱を取り出した。それを彼女に手渡す。八神は箱を開けて、なかを確かめる。

富永の意図が伝わったらしく、中身を見た彼女の眼光が、鋭さを帯びた。

※

治療を終えた瑛子は、一時的な帰宅を許された。

着ていたスーツジャケットは、瑛子自身と小宮山菜緒の血液がべったりとついた。ごく短期間で、二着ものスーツをダメにしたことになる。なかのシャツにも血の滴が袖についたが、そのうえからブルゾンを着こんだ。

地下鉄で自宅のある豊洲へと戻った。傷と包帯だらけの瑛子に、乗客たちは好奇の視線を投げかけた。

豊洲駅は混雑していた。都内でも有数の人口増加地区であるだけに、朝のラッシュアワーともなれば、構内は会社員や学生で埋め尽くされる。

人々の流れに逆らって、改札口を出た。地上に続く階段を上る。

その途中、後ろから駆け上がってくる者がいた。瑛子を追い抜く様子はなく、彼女の隣で足をぴたりと止める。グレイの地味なパーカーを着た若い男。髪を短く刈っている。

その横顔には見覚えがあった。戸塚のボディガードだ。両腕を腹のポケットに突っこんでいる。瑛子は訊いた。

「なにか用？」

「ボスが呼んでる。来てくれないか？」

「疲れてるのよ」

背中に硬いなにかが押しつけられた。いつのまにか後ろには、スーツを着た中年男がいた。髪を七三にわけて、会社員を装っている。右手を新聞で包み、握っている拳銃を隠している。

横のボディガードが囁く。

「おれも握っている。黙ってついてこいよ」

ボディガードは、左手をパーカーのポケットから抜いた。短い拳銃の銃身が、ポケットのなかから覗いている。

二人の男に囲まれつつ、地上へ出る。歩道の側には、古い国産のセダンが停まっていた。ボディガードが後部ドアを開ける。

「乗れ。ぐずぐずするな」

背中を銃身で突かれる。馬岳との戦いでダメージを負った部位だ。瑛子は顔をしかめた。

ハンドルを握っているのは、暴力団員らしき赤い髪の男。後部座席のまん中に座らされ、瑛子の両脇を拳銃の男たちが陣取った。左右から銃口を向けられる。

今の瑛子に、銃を二つも用意する必要はなかった。左手首の骨にはヒビが入り、右手は長尾の刃物で負傷している。警棒すら満足に握れない。

「私は刑事よ。なにをしているのかわかってるの？」

車内の男たちは無反応だった。車は猛スピードで豊洲の駅を離れる。

瑛子はショルダーバッグを奪われた。なかには手帳やニューナンブ、携帯電話が入っている。ボディガードはなかを漁り、居場所の特定を防ぐために、携帯電話の電源を切った。それから、しきりに窓に目をやり、尾行の有無を確かめる。

車はごく短時間のドライブだった。晴海の清掃工場の近くを走る。周囲は荒涼とした空き地が広がり、ところどころに高層マンションが建っている。セダンは、あるマンションの地下駐車場に滑りこんだ。

「近場じゃない。わざわざ、こんなものものしい真似をしなくともよかったのに」

「黙れ」

ボディガードが注意する。

排気ガスで汚れたコンクリートの空間。駐車スペースには数台の車。奥に黒のベントレーがあった。瑛子を乗せたセダンは、ベントレーの横で停まる。

「ボスの車に移れ」

ボディガードに促されて、瑛子はセダンを降りた。ベントレーの遮光フィルムで覆われた窓ガラスが下がる。

後部座席には戸塚の姿があった。高級スーツを隙なく着こなし、背もたれに身体を預け、くつろいだ姿勢で瑛子を出迎える。しかし、それが虚勢であると瑛子は見抜く。日光が届かない駐車場のなかでも、顔色の悪さが目についた。

瑛子は言った。

「お元気そうね」

戸塚は、瑛子の包帯や顔の傷を見やった。

「あんたもな。八神警部補」

戸塚は、ボディガードに言った。

「ボディチェックは済ませたのか？」

「いえ……これからです」

「身体の隅々までチェックさせてもらえ。バッグを預かっただけで安心するな。なにをしでかすか、わからないお人だ」

瑛子は軽く息を吐いてから両手を上げた。ボディガードが、わき腹や腰に触れる。ブルゾンのポケットにも手を突っこまれた。なかにはボールペンやメモ帳、交通用のＩＣカードやのど飴があるだけだ。特殊警棒は、長尾を捕えたときに鑑識に預けている。

「問題ありません」

ボディガードは足首をさすって答えた。

瑛子は手を差し出した。ボディガードはおもしろくなさそうに顔をしかめ、ポケットから摑みだしたものを瑛子の手に載せた。

戸塚は手招きした。

「さっさと話を済ませようか」

瑛子はベントレーの後部座席へと押しやられる。複数の男たちに、腰や尻を乱暴に突かれる。すぐ隣には張りつめた顔の戸塚。

瑛子は服の埃を払った。

「どういうつもりなの？」

戸塚は答えない。車に押しこめられた瑛子を睨むだけだった。その目は、後楽園ホールで会ったときに見せたものと同じだ。瞳には危ういきらめきがある。

戸塚は、瑛子の顔を見つめながら拍手をした。手を派手に打ち合わせる。

「見事な逮捕劇だったそうじゃないか。お手柄だとな。本庁には、顔見知りの刑事が何人かいる。連中から聞いた話によれば、ひとりで変態野郎を叩きのめしたらしいな」

「偶然よ。訊き込みに行ったところで、刃物を振り回しているバカに出くわしただけ」

戸塚は咳払いをした。

「そのユニークな冗談をもう一度聞かせてくれ。そのきれいな顔に弾丸をくれてやる」

「………」

「なぜ、おれを嵌めた」

戸塚は組んだ脚を揺すった。アイドリング中のベントレーは、空調が効いている。彼の顔は汗で濡れている。

「いつ、あなたを嵌めたというの？」

戸塚は助手席に手を差し出した。助手席のボディガードが、握っていたリボルバーを彼に渡す。

瑛子の顔に銃口が向けられた。

「なぜ嵌めたのかと、訊いている」

「刑事の私を撃つの？」

戸塚は返答の代わりに、銃の撃鉄を起こした。瑛子は銃口を冷ややかに見すえる。

「嵌めたと言われても、なんのことだかわからない。あなたが知りたがっていたのは、親分のお嬢さんを殺した犯人のことだったはず」

「約束を覚えていたんだな。そこまでわかっていながら、なぜやつをさっさと捕らえた。そのときだけ、約束を忘れたというのか？」

瑛子が出し抜けに手を伸ばした。車内の空気が張りつめる。拳銃を握っていた戸塚は、尻を浮かせ、彼女と距離を取った。シートの端まで身体をずらす。

瑛子は、男たちの緊張をよそに、座席のカップホルダーにあったペットボトルを手に取った。戸塚の飲みかけのミネラルウォーターのようだ。瑛子はフタを回した。

「鎮痛剤をたくさん服用してるもんだから、喉が渇いてしょうがないの。おまけに、そんなものまで突きつけられて、口のなかがカラカラよ」

口をつけようとしたとき、戸塚の左腕が動いた。瑛子が持っているボトルを掌で弾き飛ばす。ボトルは助手席を越えて、フロントウィンドウへ飛んでいった。

「くだらん真似はよせ」

戸塚は笑いかけたが、呼吸はかなり乱れていた。瑛子は水に濡れた手を、ブルゾンにこすりつけた。

「約束を忘れたつもりはないわ。昨夜、捕まえたのは、別件の殺人犯だった。お嬢さんの刺殺事件に影響された模倣犯に過ぎない」

「あんたは自殺願望にでも取りつかれているのか？　詫びのひとつでも口にするのかと思えば、今度は苦しまぎれの言い訳か」

「嘘がつけない性格なの。水が欲しかったのも、事件についても、みんな本当のことばかり」

「おれが聞いた話とは異なる。それなら、なぜ捜査本部が一本化されたんだ。同一犯による連続殺人だからじゃないのか。テレビ局にも、犯行声明文が送られている。あんたが捕まえた犯人は、また女を切り刻もうとしたんだろうが。やつは自分好みの若い女を狙っていた。お嬢さんを刺したのもやつだ」

瑛子は首を振った。

「それでも同一犯なんかじゃなかった。連続殺人に見せかけようとしたやつが、事件に顔を突っこんで、手紙をしたためただけ」

戸塚は間を置いてから言った。

「……連続殺人に見せかける？」

「そっくり言葉を返すわ。くだらない真似はよして。犯行声明文を書いたのは、あなたでしょう」

瑛子は車内を見回した。戸塚自身に変化はない。ボディガードの目が泳いだ。運転手の横顔に強張りが見られた。

その反応で充分だった。瑛子は続ける。

「あなたとの約束なら、今果たすわ。お嬢さんを殺したやつの名前なら、ついさっき、私の耳にも入ったところだから。教えてあげてもいいけど、わざわざそれをあなたに伝える意味があるとも思えない」

向谷香澄を殺害したのは、野村浩太というヤク中のドラ息子だ。手ひどく香澄に振られたのを根に持った野村は、ドラッグをやっているうちに、元恋人の存在が許せなくなった。ヘルメットとベンチコートで変装し、不忍池付近で帰宅途中の香澄を襲った。

戸塚は彼のために、レストラン経営者を買収してアリバイを用意し、さらに犯行声明文まで送りつけて、捜査のかく乱を図った。

「親分に褒めてもらいたいのなら、さっさと野村を殺して、仇討ちに励むべきでしょう。やつの罪を隠すのではなく」

「どうして、おれが手紙を書かなきゃならない」

「茶番を続けたいようね」

戸塚は銃を振った。

「茶番かどうかは、おれが決める。あんたじゃない。話せ」

「欲張りなあなたは一石二鳥を狙った。私に林娜さんを殺した犯人の名をリークさせ、そいつに香澄お嬢さんを殺した罪を、すべてかぶせようとした。犯行声明文に証拠を添えたときみたいに、犯人の部屋に、香澄お嬢さんを刺したナイフでも置いて、連続殺人犯に仕立てる予定だったんでしょう？　もちろん犯人には真相を永遠に黙っていてもらう。そうすれば、冷えた関係の親分にも、娘の仇が討てたと自慢できる」

戸塚は深呼吸をした。

「いつからだ」

「なにが？」

「いつから、おれを狙っていた」

「決まってるでしょう。あなたが声をかけてきたときからよ」

「甲斐のやつ、おれを売りやがったのか」

戸塚は舌打ちした。

彼の弟分である甲斐は、最初に瑛子にこう言っていた。戸塚はニクソンのような男だと。権力の維持のためなら手段を選ばず、野党のオフィスに盗聴機を仕掛け、その事実をごまかすために捜査妨害を試みては自滅した。自分の兄貴分を洗えば、ウォーターゲート事件みたいに、驚きの事実が出てくるぞと、ほのめかしているようなものだ。

戸塚は言った。

「おれは前に言った。刑事《デカ》というのはわかりやすい。後ろ暗いところがあれば、すぐに顔に卑しさが出ると。どうやら甘く見たようだ。あんたは、普通の刑事《デカ》じゃない」

「違うわ。お嬢さんの仇を討つのならともかく、金に目がくらんで、その犯人を隠そうとしたのが間違いだったの。私に声をかける前から、あなたはミスを犯していた」

「あんたが逮捕した変態野郎はどこだ。やつを釈放《パイ》させろ」

「無駄よ。それに捜査本部は、野村をマークしている。あなたの勝負はもう終わったの」

戸塚は身を揺すって笑った。

「終わっちゃいないさ。野村のアリバイが崩れたと言ったが、それはあんたたちの早合点に過ぎない。レストランの主人が証言を翻したようだが、そんなものはころころ変わるものさ。近頃の警察は、証言をでっち上げるのが得意だからな。長時間の取調べに疲れて、思ってもいないことを喋っただけだ。裁判までは時間がある。それまでには、正気をすっかり取り戻して、なにが正しいのかを思い出すはずだ」

「降りるつもりはないのね」

「野村には、なにも喋るなと言ってある。アリバイ崩しに成功しただけで、警察は決定的な証拠を摑んじゃいないんだからな。率直に言えば、今回の事件はチャンスだと思っている。お嬢さんは、おれを救うために死んだんだ。不思議とおれの極道人生には、こういうことがよく起きる。金融危機で火傷《やけど》はしたが、そうした危機に陥るたびに、大きなチャンスが転りこんでくる」

「香澄さんを殺した凶器は、あなたが持っているの？」

「さあな。どのみち永遠に見つかりはしない。あんたに声をかけたのは大誤算だったが、それでもおれの有利は変わらない」

戸塚は拳銃を構えた。瑛子の心臓を狙う。

「私をどうするつもり？」

「当然、殺してやりたいさ。甲斐と一緒に、死体を清掃工場の焼却炉に放りこみたいところだ。だが、殺さない。忌々しいことに、桜のバッジをつけている」

戸塚は拳銃を握りながら、もう一方の手で、瑛子の頰をぴしゃぴしゃと叩いた。

「今度こそ、おれの命令に従ってもらうぞ。捜査本部のなかに留まって、必要な情報を提供しろ。野村に不利な証拠が見つかれば、それを保管庫から消してもらう」

「まだ、私と仲良くしたいのね」

戸塚は銃身で、瑛子の乳房をブルゾンの上からなぞった。

「今からカメラを準備させる。あんたはクソがつくほどタフな刑事《デカ》だ。しかし、そうは言っても、女であることに変わりはない。あの死んだ中国女のように、世界中に自分の裸の映像をばらまかれたくはないだろう。身の程知らずの女がいれば従わせるのが、おれたちの流儀だ。仲良くするんじゃない。教育するんだ」

瑛子は蔑みのこめた視線を、銃身と戸塚の顔に向けた。

「そろそろ終わりにしましょうか」

「自分の立場が理解できていないのか？　さっさと服を脱げ。治療したばかりの傷を、えぐられたくはないだろう」

瑛子は空を睨んだ。

「べつに、あなたに言ったんじゃない」

「なに？」

戸塚の目に困惑が宿る。「まさか」

やつは慌てたように、瑛子のポケットに手を入れた。そこにはＩＣカードやのど飴、それにボールペンとメモ帳……。

「ふざけやがって！」

戸塚は歯を剥き出しにして怒鳴る。

やつはボールペンをへし折る。富永からのプレゼントが破壊され、芯と一緒に、コードや小型の集音マイクが飛び出す。富永はお返しとして、彼女に盗聴機を渡したのだ。抜け目のない男だった。

「ちゃんと調べろと言っただろうが！」

助手席のボディガードの顔を、戸塚は大きな拳で殴りつけた。鼻から血をしたたらせる彼に、握っていた拳銃を押しつける。

「ぼやぼやするな。お前はここにある拳銃を全部持って、上の階にずらかるんだ。絶対にパクられるな！」

ボディガードは顔面を鼻血で濡らしながら、組員たちの拳銃を抱えた。ベントレーを降り、横にある非常階段へとすっ飛んでいく。

駐車場の外では、サイレンが鳴り響いている。遠くで瑛子らの会話に耳をそばだてていた富永たちが、一斉に動き出した。瑛子自身が囮《おとり》となり、戸塚を逆に誘い出したのだ。

瑛子は悠然と脚を組んだ。

「言ったでしょう。あなたは降りるしかないと。カードの手の内は、みんなに知られてしまった」

戸塚は瑛子の胸倉を摑んだ。歯を食いしばり、殺意のこもった目で睨みつける。

「まだだ。まだ終わっちゃいない。こんなおもちゃで盗み聞きした会話など、証拠になるわけがない」

駐車場内に、複数の警察車両が乗り込んでくる。赤色灯を回したパトカーやワゴン車が、ベントレーとセダンを取り囲む。

ワゴン車からは、ジュラルミンの盾とヘルメットで武装した警官たちが、ぞくぞくと降りる。そのなかには、拡声器を手にした沢木管理官の姿もあった。それに班長の川上や上野署の刑事たちの顔もある。

ベントレーを降りる戸塚に、瑛子は声をかけた。

「犯人を手助けしたと知ったら、親分や組の仲間はなんと思うでしょうね」

彼は目をギラつかせながら笑った。

「いいか。おれはもちろん、部下にも喋らせはしない。お前らはなにも聞きだせはしないし、証拠も見つからない」

「あなたたちから聞けるとは思ってないわ」

戸塚に続いて、瑛子も車を降りる。駐車場は武装警官でいっぱいだ。

戸塚の隣に立った瑛子は、階段の非常出口を指差した。緑色の非常灯の下には富永の姿があった。その横には、手錠をかけられたボディガードが悔しそうに突っ立っている。

戸塚の身体が震えだした。長身の富永の陰から、もうひとりの男が姿を現す。ソフト帽をかぶった痩身の男。野村だった。すっかり顔色を失っている。

「てめえ……」

「私とあなたの愉快な会話は、野村さん本人にも聞いてもらっていた。いくらあなたが徹底抗戦を叫んだところで、あんなあからさまな話をされたら、彼のほうは白旗をあげるしかないでしょうね」

戸塚が動いた。瑛子の顔をめがけて殴りかかる。

瑛子は身をひねって、パンチをかわす。戸塚の拳は予想よりも威力があった。やつはセダンのサイドウィンドウをぶち破った。粒状の破片が飛散する。

瑛子は身体のバランスを崩し、コンクリの床に倒れる。ケガと疲労が動きを鈍くしていた。

武装警官らが戸塚に駆け寄る。だが、それよりも早く、やつは足を振り上げていた。倒れた瑛子の顔に足を踏みおろす――。

踵が顔面へと迫った瞬間、戸塚の身体が横へ吹き飛んだ。

やつは床に頭を盛大にぶつけ、背中を丸めて転がる。その上から大量の警官が餅のように折り重なり、戸塚の身体を押し潰した。

瑛子は目を見開く。彼女の頭上には富永がいた。近くにいた彼が、戸塚に体当たりを敢行したのだ。

富永は肩をさすってから、瑛子の肘を摑んで、身体を引き起こした。

「スムーズに踏み出せた。日ごろのジョギングのおかげだ」

「ありがとうございます。助けてくださるなんて」

「部下を守るのは当然のことだ。だが、覚えておくんだ」

「『君を追い出してみせる』でしょ。もう耳にタコができたわ」

瑛子は衣服についた埃を払った。富永との対立はこれからも続くだろう。だが、今は彼に向かって笑いかけてみせた。

24

瑛子が訪れたのは、八王子の郊外にある墓地だった。

山の中腹には多くの墓石が並んでいる。そこからは、多摩の町並みが一望できた。十一月になってからは気温が下がり、敷地内の枯葉を、冷たい木枯らしが舞い上がらせた。

向谷香澄の墓は小さかった。一区画分の狭い敷地に、小さな墓石が建っている。母親もそこに眠っているのだという。親分の有嶋章吾は資産家としても知られるが、あえて平凡な墓に愛娘の骨を埋葬したところに、アウトローの苦悩が表れているような気がした。

どこの墓も枯葉で埋もれていたが、その敷地はきれいに掃かれてあった。花立には新鮮な秋の花々が飾られ、香炉の線香が煙を昇らせている。

墓石の前では、スーツを着た甲斐が手を合わせていた。しゃがんで頭《こうべ》を垂れている。

瑛子の足音に気づき、彼は胸ポケットのサングラスを着用した。

彼は黙って立ち上がる。うやうやしく掌を上に向け、彼女を墓石の前へと促した。

瑛子は進み出て、持参した花をたむけると、静かに合掌した。しばらく、そうしていた。

二人は祈りを済ませて墓を離れた。参道を歩きながら瑛子は言う。

「毎日来ているって噂は聞いてた」

「まさか、ここで会うとは思ってなかった。あんたは神出鬼没だ」

甲斐は空を見つめた。「前に兄貴から聞いただろう。だいぶ嘘が混じっていたが、全部が嘘だったってわけじゃない。兄貴が運転手を勤め、おれが家庭教師として勉強を教えた。三人でよく遊んだもんだよ。それからもいろいろあったんだが、詳しくは訊かないでくれ」

「それが戸塚を売った理由？」

「いいや。それとこれとは別だ。隙ができたやつは、すかさず追い落とす。それがこの世界のルールだ。ひきずりおろすには、格好のチャンスだったからな」

甲斐は頬を歪めて笑った。だが、サングラスで隠した目が赤かったのを、瑛子は見逃してはいなかった。

「あなたが若頭補佐《ホサ》に推挙されると聞いたわ。戸塚の後釜についたようね」

「組長《オヤジ》が推してくれたんでな」

犯人隠避や銃刀法違反、恐喝や公務執行妨害など、多くの容疑をかけられて戸塚は起訴された。有罪が確定すれば、おそらく長期刑が待っている。彼自身は黙秘を貫いているが、香澄を殺した野村はすべてを自供した。戸塚の愛人宅から、香澄を殺害した凶器のナイフも見つかった。彼はすでに千波組から絶縁されている。

墓地の駐車場には、甲斐のジャガーが停まっていた。ニキビ面の若い運転手が、熱心に車を布で磨いている。

その横には、瑛子の黒のスカイライン。夫が遺《のこ》した愛車だ。

甲斐は声のトーンを落とした。

「組長《オヤジ》が会いたがってる。礼がしたいそうだ。あんたの旦那の件にも興味を持ってる」

「…………」

「あんたの旦那は、やばいゾーンに首を突っこんでいた。おれたちみたいな三下には、知り得ないところまで。組長《オヤジ》なら、きっと力になれるだろう」

瑛子はスカイラインのドアを開けた。

「助かる」

「つまり、あんたを消したがっているやつも多いってことだ。気をつけろ」

甲斐は真顔だった。

瑛子は車に乗りこんで、エンジンを轟かせる。

「覚悟ならできてる」

ハンドルを握り、瑛子は墓地を離れる。

沈みゆく太陽の強い光が、目に差しこむ。それでも瑛子はかまわずにアクセルを強く踏んだ。


（第一話　了）

この作品は書き下ろしです。原稿枚数441枚（400字詰め）。

幻冬舎文庫

●最新刊
88ヶ国ふたり乗り自転車旅
北米・オセアニア・南米・アフリカ・欧州篇
宇都宮一成
宇都宮トモ子

自転車オタクの夫と自転車にほとんど乗れない妻が旅に出た。妻はさっさと行ってさっさと帰ろうと思っていたのに、気付けば10年。喧嘩あり、笑いあり、でも感動ありのタンデム自転車珍道中!!

●最新刊
中国なんて二度と行くかボケ！
……でもまた行きたいかも。
さくら剛

軟弱で繊細な引きこもりの著者が、今度は中国へ。ドアなしトイレで排泄シーンを覗かれ、乗客が殺到するバスに必死に乗り込み、少林寺で槍に突かれても死なない方法を会得した。爆笑必至旅行記。

●最新刊
メモリークエスト
高野秀行

「あいつ、どうしてるかな？」という誰かや、「あれは何だったんだろう？」という何か。そんな記憶を募集して、国内・海外問わず探しにいくという酔狂極まりないエンタメノンフィクション！

●最新刊
世界よ踊れ
歌って蹴って！　28ヶ国珍遊日記
南米・ジパング・北米篇
ナオト・インティライミ

「ワールドツアー」の下見に出かけた世界一周の旅も折り返しに突入し、溢れる情熱と行動力はさらにヒートアップ。各地で一流アーティストと絡み、世界の音楽を体感。熱い旅の記録、完結篇。

●最新刊
アジア裏世界遺産
とんでもスポットと人を巡る28の旅
マミヤ狂四郎

ほっぺに串刺しのスリランカの祭り、シュールな妖怪が迎えるインドの遊園地、必ずＵＦＯが好きになるトルコの博物館……。アジアの混沌で出会うバカバカしくてちょっと羨ましい裏世界遺産！

幻冬舎文庫

●好評既刊
つまさきだちの日々
甲斐みのり

綺麗なワンピース、映画の少女、あの人との恋。少女の頃の憧れは、大人になっても時々そっと元気をくれる。〈いつでもなにかに恋をして、あこがれ尽きない女の人たち〉へ贈るメッセージ。

●好評既刊
空とセイとぼくと
久保寺健彦

犬のセイと二人きりでホームレス生活をしながら生きようとした少年・零。その数奇な運命と、犬との絆を守りながら成長する姿を、ユーモアとリアリティ溢れる筆致で描いた傑作青春小説。

●好評既刊
携帯の無い青春
酒井順子

ユーミン、竹の子族、カフェバー、ぶりっ子……。「バブル」を体験した世代の青春時代のキーワードから「あの頃」と「今」を比較分析。「バブル」世代の懐かしくもイタい日々が蘇るエッセイ。

●好評既刊
21 twenty one
小路幸也

二十一世紀に、二十一歳になる二十一人。中学の時、先生が発見した偶然は、僕たちに強烈な連帯感をもたらした。だが、一人が自殺した。なぜ彼は死んだのか。〝生きていく意味〟を問う感動作。

●好評既刊
俺ひとり
ひと足早い遺書
白川　道

生粋の無頼派作家は、今の世をどう見るのか？勘違いした成金達をバッサリ斬り捨て、携帯電話とインターネットを「最悪の発明」と断ずる――痛快すぎて拍手喝采の名エッセイ！

幻冬舎アウトロー文庫

●好評既刊
告白同窓会
扇 千里

「舐めて……」。今でもあの光景を思い出すと、よだれが出そうになる。本当のエロとは、あの時代にこそあったのではないか。懐かしい時代を思い出して語る、憧れの君との濃密で夢のような性体験。

●好評既刊
断れない女
草凪 優

誘われたら断れない。それが派遣OL佐代子の性だった。やりまんと呼ばれるたびに、肉の悦びは深く濃くなっていく（表題作）。他に「壊す女」「捧げる女」など哀しい女の性を描いた官能短編集。

●好評既刊
地味な未亡人
館 淳一

清楚な銀行員、未亡人の美穂子は、年下のレズビアン樹里によってM女調教される。両手足を拘束されるだけで濡れる全身を、舌と手が隈なく這いずり回ると、貞淑な未亡人が変態の顔を見せる！

●好評既刊
ネトラレ
松崎詩織

「私の彼は、自分の妻や恋人を他人に寝盗られることに興奮する〝ネトラレ〟なんです。彼は私を愛しているからこそ、私が他の男性とセックスすることに欲情するの」。連作官能小説集。

●好評既刊
ネイルの囁き
吉沢 華

昔の恋人似の、友人・美羽の彼氏に女の悦びを思い出した璃子。美羽のエステでさえ絶頂に達するほど敏感になった女体は、あるプランの標的とも知らずに目覚め本当の自分に気付いていく——。

アウトバーン
組織犯罪対策課《そしきはんざいたいさくか》 八神瑛子《やがみえいこ》

深町秋生《ふかまちあきお》

平成23年7月25日 初版発行
平成26年5月30日 10版発行

発行人――石原正康
編集人――永島賞二
発行所――株式会社幻冬舎
〒151-0051東京都渋谷区千駄ヶ谷4-9-7
電話 03(5411)6222(営業)
03(5411)6211(編集)
振替00120-8-767643
印刷・製本―中央精版印刷株式会社
装丁者――高橋雅之

検印廃止

幻冬舎文庫

ISBN978-4-344-41706-9 C0193 ふ-21-1